Kadokawa Fantastic Novels
綾里惠史
Keishi Ayasato
鵜飼沙樹
Frem
urchen
異世界拷問姬
4

「櫂人大人，請吻我。」

貞德・德・雷 Jeanne de Rais

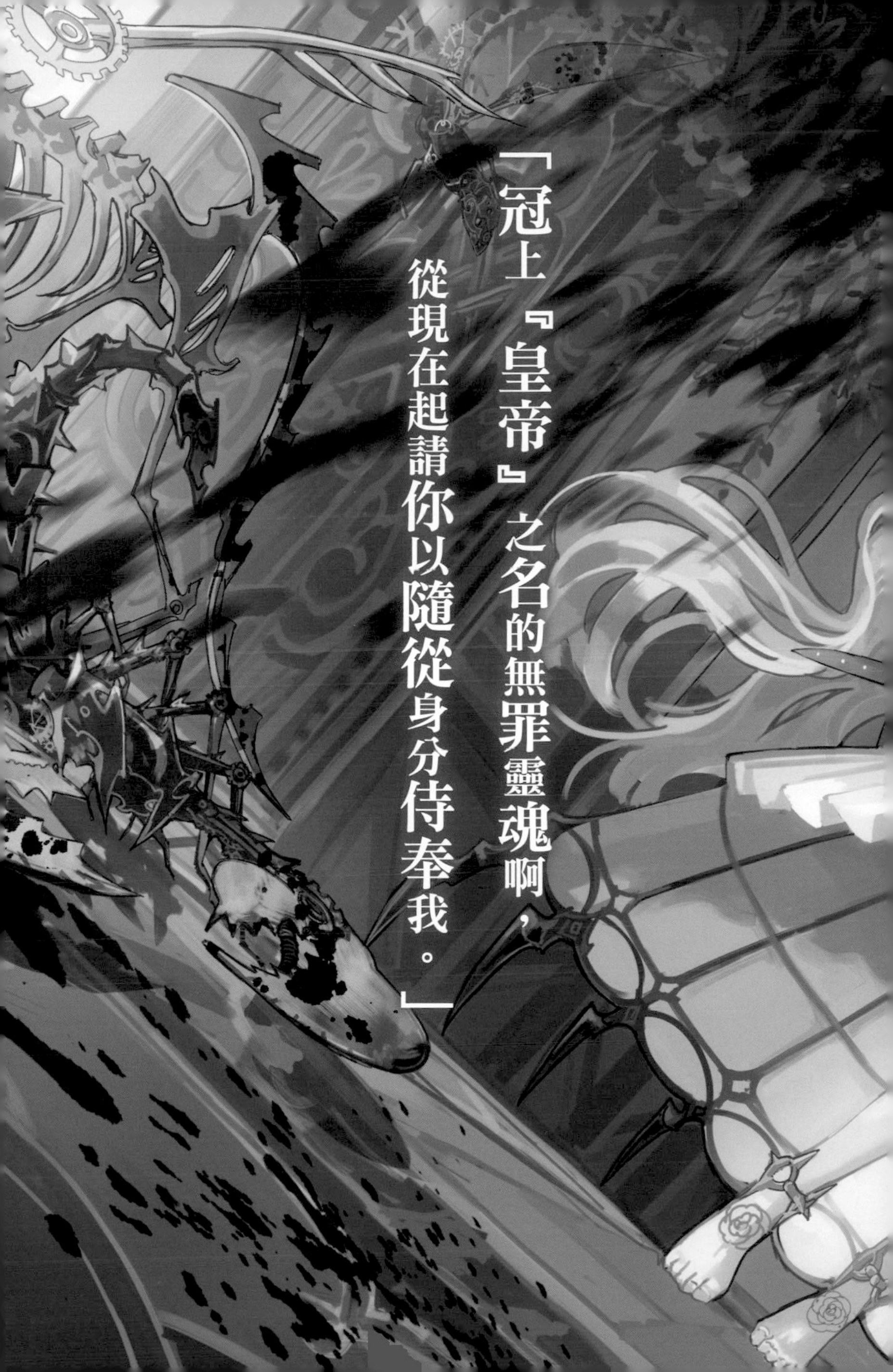
「冠上『皇帝』之名的無罪靈魂啊，
從現在起請你以隨從身分侍奉我。」

「你變成人類公敵了吧，櫂人啊！
故意選擇這條道路，
揹起用不著背負的罪孽。
既然如此，就快快把那顆腦袋交出來吧！」

「少開玩笑了！誰想死啊！
都說聽我講了，伊莉莎白！」

晴天，氣溫低，沒有跟惡魔戰鬥吶。

我發現被伊莉莎白大人丟在一旁不管的日記，
所以要來代筆了喔。
結束了與十四惡魔的戰鬥後，伊莉莎白大人就沒什麼精神呢。
我「肉販」可是在結束這些買賣跟那些買賣後英姿煥發地前來
這裡，但她現在還懶洋洋地癱在床上。城裡面也很安靜。
如此一來，我開始覺得至今為止的時光真的很令人懷念呢。
畢竟我最喜歡伊莉莎白大人的那句「好吃！」了。
美麗的女傭大人的完美料理，還有愚鈍的隨從大人那種愚鈍的溫柔
我也不討厭喔。雖然是祕密中的祕密，不過卻是千真萬確的事。
我「肉販」總是在鬼扯，不過我也會說真話。
倒不如說，我從來沒說過謊喔！哼哼！

然而，如今愚鈍的隨從大人跟美麗的女傭大人都下落不明。
事情變成這樣，我開始覺得這個人世的明天不曉得會變成怎樣了呢。
就是因為這樣，我希望至少認識的人能盡量歡笑。

今日餐點……………………山怪右臂、龍尾巴，以及其他各物。
伊莉莎白大人的反應…………接下來就要烤肉了，我覺得她會喜極而泣。
今天的愚鈍的隨從大人………究竟是去哪裡了呢？
今天的愚鈍的隨從大人2……其實我隱約可以察覺到就是了。

願明天跟後天還有以後的日子，都盡可能地平穩下去。
哎，雖然我也猛烈地覺得不可能就是了，哈哈哈哈！

異世界拷問姫

4

綾里惠史
Keishi Ayasato
鵜飼沙樹
illust.Saki Ukai

Kadokawa Fantastic Novels

Character

小雛

Hina

弗拉德在過去製作的機械人偶女傭。櫂人的戀人、伴侶、士兵、武器、玩物、性愛道具與新娘。討伐完十四惡魔後，為了阻止伊莉莎白被處死而與櫂人一同背叛人類，如今以他妻子的身分一起過著逃亡生活。

伊莉莎白·雷·法紐

Elisabeth Le Fanu

「拷問姬」。將自己所有領民乃至邊境貴族加以拷問與虐殺，因此罪孽而被決定要處以極刑的美麗少女。「在被處刑前成就善舉吧。」被教會下令去處罰與惡魔訂下契約人們。討伐完十四惡魔後，因櫂人背叛人類之故，從教會那邊接到殺掉他的新指令。

弗拉德·雷·法紐

Vlad Le Fanu

「拷問姬」的製作者，自稱是伊莉莎白的父親。與十四惡魔的頂點「皇帝」締結契約，卻被伊莉莎白給討伐了。如今被封入石頭的靈魂複製品與櫂人他們同行。將櫂人視為自己的後繼者。

肉販

Butcher

身披黑布、肩揹染血巨大布袋，有著雞腳的亞人。從來沒有人見過那黑布中的真面目。只要是冠有「肉」之名的東西，不論什麼都能從某處弄到手。伊莉莎白每次都從他那邊購買內臟。他只對肉的事感興趣，除了肉以外什麼也沒放在心上……的樣子。

瀨名櫂人

Kaito Sena

在長期遭受虐待後，被殘酷殺害的少年。被伊莉莎白召喚而當了她的隨從。因生前經驗使然，一旦心中產生恐懼或憤怒、憎恨等激烈的情感，反而有變冷靜的傾向。討伐完十四惡魔後，為阻止伊莉莎白被處死，而以「皇帝」的新契約者之姿選擇成為人類公敵的道路。

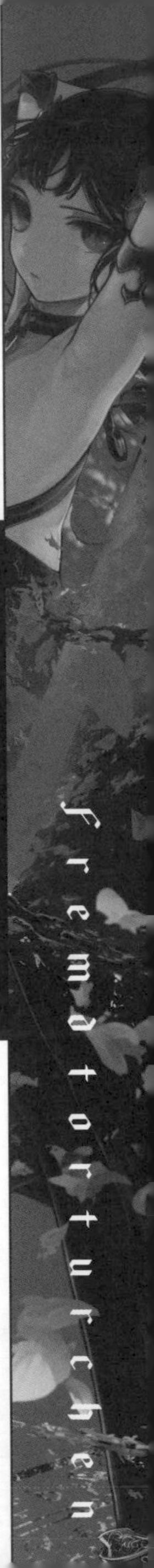

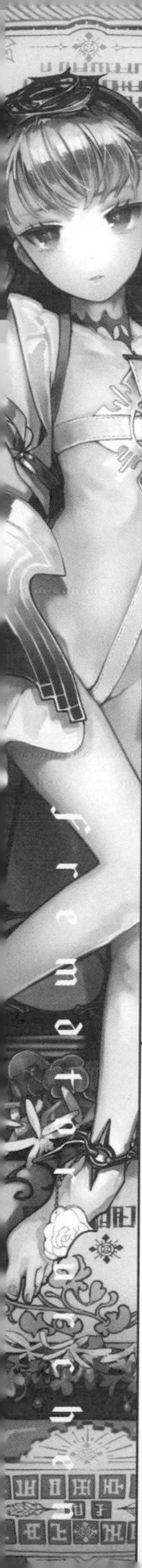

皇帝

Kaiser

在弗拉德留下的靈魂複製品的建議與幫助下，藉由櫂人之手而再次被召喚至下界的14級惡魔之頂點。將弗拉德當成「在腦內飼養地獄的男人」而欣賞他，稱呼櫂人為「十六年間的痛苦累積」而中意他。心高氣傲，個性急躁。

伊莎貝拉·威卡

Izabella Vicker

聖騎士團現任團長。擁有強大魔力、崇高精神以及完美劍術。曾在「串刺荒野」失去弟弟。在王都與櫂人跟伊莉莎白共同戰鬥，擊退「君主」、「大君主」、以及「王」。雖是以職務為優先的人，卻也對櫂人等人感到親切。

惡魔

diablo

企圖破壞神之創造物的這個世界的存在。本來棲息於高次元，無法與人界扯上關係，不過在十四名契約者出現後，惡魔在各地帶來了損害。有騎士、總裁、大總裁、伯爵、大伯爵、公爵、大公爵、侯爵、大侯爵、君主、大君主、王、大王、皇帝這十四位階的惡魔，契約者雖能得到龐大的力量，卻會失去人類身體。所有惡魔應該都討伐完了……？

菲歐蕾

fiore

「大王」的契約者。跟惡魔訂下契約前與弗拉德就是好友，有著在遙遠昔日與他一起炒熱舞會氣氛的過去。雖然藉由必須使用惡魔心臟的「活祭品咒法」將伊莉莎白逼至絕境，卻還是遭到討伐了。

貞德·德·雷

Jeanne de Rais

聖女賤貨。
也是自稱「拷問姬」的少女。
是救世的少女？

庫爾雷斯·雷·法溫多

Clueless Ray Faund

教會相關人士，也是不容許異端存在的狂信者。在「只要是為了神，就算是惡魔也要利用」的獨特理念下與「皇帝」接觸，藉由告知皇帝情報而得到強大力量。然而，他暗殺伊莉莎白的行動失敗而遭到反殺。雖然完全解放「皇帝」向他求援，卻反而被他殺掉。

給無知的信徒們

信徒啊，祈禱吧。願尊貴神明的大慈大悲與吾等同在。

以你無法計量之愛療癒這個受傷的世界。

正如諸位所知，與十四惡魔之戰結束了。在那之後，第十五名惡魔契約者現身，並發出宣言與吾等為敵。目前聖騎士正在追蹤他。然而，如今更重要的是，吾等必須面對不忍正視的傷口。

大量死者堆積如山，犧牲者不計其數。

許多無辜人民與虔誠信徒犧牲了。他們會在聖女的引導下前往神明身邊吧。然而，人們的悲痛無比深沉，悲嘆難以計量。

此時此刻，務必希望諸位回想初始的奇蹟。

聖女讓神明寄宿於現世之身，重整受傷的世界，接著永久地沉眠。

因此，吾等的生活全部都是建立在聖女的受難與犧牲之上。吾等必須尊崇她，仰望神明，潔淨自身，無時無刻正確地活著才行。

宛如過去傳頌的傳說重現，許多人成為犧牲者的如今更是如此。

在惡魔毀壞之地活下去是一件非常嚴苛的事。幸好，王都在天外神兵之助下免於全滅。

即使如此，抱著汙穢的傷口活著實在過於絕望，而且不祥。

因此，就是現在，祈禱吧，諸位。就是現在，依賴吧，諸位。

相信大慈大悲，期望慈愛，祈禱奇蹟吧。

主很遙遠，然而，如今聖女也在吾等身邊。

吾等必須像昔日般期望奇蹟，伏身不斷禱告才行。

願您的慈悲無遠弗屆。

諸位雖然心中祈禱，卻不知曉。

而且，也不曾理解過吧。

所謂真正的奇蹟，就是因為會發生所以才是奇蹟。

來吧，無知的信徒們啊。祈禱神就是你們的救世主吧。

起始與中途還有終點，一切都掌握在神的手中。

肉販

身披黑布、肩揹染血巨大布袋、有著雞腳的亞人。無人見過那黑布當的真面目。只要是冠有「肉」之名的東西，不論什麼都能從某處弄到手。伊莉莎白每次都從他那邊購買內臟。他只對肉的事感興趣，除了肉以外什麼也沒放在心上……的樣子。

1 獸人的邀約

前陣子在化為肉塊的「君主」、「大君主」、「王」襲擊下，王都受到致命性的打擊。然而，人類仍是費盡千辛萬苦贏得勝利，將十四惡魔的威脅悉數擊退。

而作為此事之證，以及襲擊人民的惡夢已經落幕的儀式，教會宣布要執行某項死刑。他們決定對稀世大罪人「拷問姬」──伊莉莎白·雷·法紐──進行象徵性的火刑。為了一睹歷史性的光景，人們紛紛擠進處刑場。然而，到頭來火刑卻被中斷了。因為新的惡魔契約者，高聲做出宣言要與人類為敵。

就這樣，惡夢未能落幕。

「拷問姬」免於火刑，並在教會之命下擔起新的惡魔討伐任務。

如今，說到她正在做什麼，就是在自己的城堡裡睡覺。

時間離下午也還早，也就是所謂的午覺。

石造房間裡面擺著雖然高級卻很簡樸的床台。伊莉莎白橫躺在上面閉著眼睛。

那副模樣簡直像是美麗的睡美人。然而，實際上她並沒有在睡覺。不時會不悅地抽動的眉毛，以及緊緊抿住的唇瓣證明了這件事。

此時異聲響起，白色球體從百葉窗依然壞掉的窗戶飛進室內。

教會的聯絡裝置發出尖銳聲音。

嘰咿咿咿咿咿咿咿咿咿咿咿咿咿咿咿咿咿咿咿咿咿！啪咻！

下個瞬間，暗闇與紅色花瓣漩渦憑空生出，它被從那兒伸出的鞭子抽打了一下。就算此舉蠻不講理，球體仍是急速下降。伊莉莎白伸出單臂接住了它。

羽毛輕飄飄地從球體左右兩邊脫落，大量魔術文字在表面發出光輝。

讀取內容後，伊莉莎白猛然撐起上半身。

「————辛苦了。」

如此點頭後，她使勁扔出球體。它發出光輝，飛向窗戶的另一端。

啪啪啪地拍拍雙手後，伊莉莎白不悅地低喃。

「原來如此……哼，現身得還挺頻繁的嘛，這個外行人。」

撂下此話後，她將手伸向虛空。暗闇與紅色花瓣的漩渦再次產生。從裡面抽出刀身呈現鋸齒狀的拷問用刀子後，伊莉莎白將其擲向前方。

————鏗！

刀子發出堅硬聲響，插到牆壁與貼在上面的地圖上。

地圖已經插滿刀子。只要從教會那邊收到某個人的目擊情報，她就會在那個地點插上刀子。從刀子的配置判斷——逃亡者本人並未意識到這件事吧——差不多也漸漸浮現了一定的法則。

伊莉莎白用陰沉的紅眼眺望那張地圖，張開形狀姣好的唇瓣。

極為空虛的聲音從那兒響起。

「安心吧，權人。被世界憎恨，不斷背負罪孽的日子不會持續很久的。」

她忽然浮現帶有倦意的微笑。

伊莉莎白用雖然乾躁，卻也滲出慈悲的語調低喃。

「因為余會速速殺掉你。」

沉重的沉默擴散。發出冷哼後，她再次躺上床鋪。

伊莉莎白閉上眼。然而，果然無法成眠嗎？她蠕動了身軀。不久後她用手臂靠上眼睛，有如細細玩味似的低喃。

「好安靜啊……太安靜了。」

沒錯，現在城堡內充斥著寂靜。

沒有「妳在睡啥啊，伊莉莎白」這種擾人清夢的聲音傳向這邊。

也沒有「伊莉莎白大人，喝茶的時間到了喲」這令人憐愛的呼喚聲傳向這邊。

這也是理所當然的事。

向「拷問姬」搭話的瘋癲之人，本來就是有還比較奇怪。

因此，說到底她就是孤身一人。

＊＊＊

「————哈、哈啾！」

「啊，櫂人大人打噴嚏了！好口愛！啊不是，您怎麼了呢？是感冒了嗎？」

「嗯，難以想像人造人（golem）的身體會生病就是了。那麼，是有人在說我的閒話嗎？」

櫂人用打從心底悠哉的態度擦了擦鼻子下方。小雛立刻從懷中取出手帕。她將柔軟的布料溫柔地壓上櫂人的臉龐。

「來，櫂人大人，擤——！」

「不好意思，小雛。我洗一洗再還妳。哈啾——！」

櫂人再次打噴嚏。小雛迅速地折好手帕，充滿熱情地握緊拳頭。

「您說這是什麼話！小雛預定要將這條手帕作為第一千九百八十三號櫂人大人祕密收藏

品，與櫂人大人惹人憐愛又可愛的打噴嚏記憶一同誠心誠意地保管起來喔！」

「別這樣做。喂，交給我。」

「不要！咳咳，儘管僭越，但這是打從心底愛著櫂人大人的妻子——呀，把妻子說出口了！小小的心願不是嗎……偷瞄。」

「就算是老婆也不行，禁止保管！」

「櫂人大人好壞！」

小雛氣呼呼地鼓起雙頰。就算做出可愛表情也不行——櫂人如此說道後，從她的手中拿走手帕。

兩人像這樣做著傻氣應對時，也有大量人潮從身邊通過。他們的職業跟身分、以及種族各有不同，從鎮民跟商人，船夫與貨物搬運工，一直到魔物屠夫與亞人獸人都有。這也是理所當然的事，畢竟這座城鎮位於兩條大河交會處，而且又是船隻停泊的地方，因此形成了交易的地點。

由於這裡聚集了各式各樣的商品與人們，因此附近一帶真的很熱鬧。

攤販並排在道路兩旁，買賣聲此起彼落。乍看之下雖是隨處可見的市場，卻也具備著只有這裡才有的特色。是因為在路上販賣不需要許可證也沒設限，因此沒必要因為士兵突然過來搜查而逃之夭夭之故嗎——雖然會在治安上看見不安之處——不只是人，整座城鎮都充滿了活力。

即使如此，只要拉長耳朵，帶有危險氣息的謠言仍會傳入耳中。

「要找那個老爹的話，他去王都那邊了喔。因為那邊現在不管有多少建材都不夠用啊。」

「這邊也是慘得很，客戶都倒光啦……不，就是字面上的『倒光』喔。據說徒弟們全部都被肉塊吞噬了。我到現在還是難以置信……你那邊如何？聽說魔術藥市場特別混亂？」

「很糟糕。不只是魔術藥，每個地方物價都是不斷飆漲呢。究竟要花多少時間情況才會平息下來……在那之前，會有多少人上吊呢。」

前陣子王都被惡魔侵襲，受到致命性打擊。由於人口集中之故，因此死者人數也攀升到了龐大的數字。許多歷史性的建築物遭到破壞，大型市場與工廠毀滅，移動至倉庫的手段，聯絡遠方的裝置，還有許多資源悉數損失，金錢上的損害可說是難以估量。

接收難民的地方也露出疲態。勞動者減少，糧食供給也跟不上需求。經濟與國政核心受到的損害，開始在人們的生計上籠罩深沉的陰影。

糴人認真地擔憂現況，某段對話接著飛進他耳中。

「勞動者不夠，明明是這樣才對，滿出來的人卻沒事可做。不過聽說教會也做下許多安排就是了。關於王都本身，雖然因為聖騎士常駐於此情況還算好一些，但附近卻是亂到不行喔。」

「傭兵的需求每日俱增嗎？『皇帝』的契約者還沒被逮到吧？」

櫂人跟小雛不由得面面目覷。兩人迅速離開了現場。

畢竟「皇帝」的契約者不是別人，正是櫂人。

目前，兩人乃是逃亡之身。

會變成這種狀況，其中有很深的緣由。

瀨名櫂曾受親生父親虐待，最後因此結束他的人生。然而在死後，他的靈魂被召喚至異世界，並得到了第二次的生命。而他的召喚主就是「拷問姬」，伊莉莎白·雷·法紐——在殺害十四惡魔後，自身也得面臨死刑命運的大罪人。

「拷問姬」與櫂人一同殺害了襲擊王都的惡魔們。她順利完成受命自教會的任務。結束贖罪的她，應該要就這樣身受火刑才對，然而櫂人卻無法認同這個命運。他帶著跟自身締結契約的「皇帝」與人類反目，以第十五名惡魔契約者之姿，在王都高聲做出敵對宣言。這都是為了要讓自身成為人類的新敵人，藉此讓教會決定暫緩處死伊莉莎白之故。

就這樣，瀨名櫂人被世間萬物憎恨，成為背負罪孽的通緝犯。

然後，說到櫂人與小雛如今在做什麼，就是在調度糧食。

此事說起來雖然愚蠢又理所當然，不過人類的肚子是會餓的。

櫂人尚未與惡魔融合，所以營養補給依然必要。然而兩人雖以穩定的糧食調度為目標，卻有一個大問題擋在他們面前。這當然也是城鎮因糧食問題而窘迫不堪，流通亂成一片的現狀之故。但更重要的是，櫂人獸化的左臂實在是太顯眼了。如果要說既然如此就由小雛出馬的話，她又是擁有銀髮碧眼以及奇蹟般美貌之人。

當然，櫂人也不是一味地束手無策。面對這個問題時，他找了姑且算是自身魔術師父的弗拉德商量是否有辦法可解決。

『變身、變裝、或是透明化的魔術嗎……唔，真的很不起眼啊！如果是暫停時間不讓別人看見的魔道具，我有就是了。生前的【我】沒選擇奇襲，而是率領惡魔大軍堂堂正正地進攻。也就是說，雖然遺憾，不過【吾之後繼者(My Dear)】呀，我甚至無心學會那種無聊的魔術喔！』

（這傢伙實在沒用啊。）

這個回答還附帶了用手指抵住額頭的姿勢，回想起這件事後，櫂人垂頭喪氣了起來。在他口袋底部那顆裝有弗拉德之魂——正確地說是複製品——的石頭晃了晃。他似乎是察覺到自己被汙辱而正在抗議。然而，櫂人卻漂亮地無視了這件事。

（哎……現在勉強過得去就是了。）

嘆了一口氣後，櫂人重新戴好披在頭頂的黑布。

如今，櫂人他們仿效「肉販」，身披黑布隱去身形。這方法既隨便，看起來又像壞人。然而，這座城鎮上有很多人從事黑市買賣，因此也有一些人做著類似的打扮。

兩人就這樣勉強沒被發現，努力地採買物品。

「接下來去那邊吧？」

「好的！」

小雛點頭同意櫂人的指示，衝到水果攤前。直接擺在石板上的圓籠子裡面放著柳橙——正確來說，或許只是外表相似的另一種東西——她伸手將它取出。

確認沒有嚴重的蟲子咬傷或傷痕後，小雛回頭望向櫂人。

「這個如何呢？」

「這個嘛，買兩個……還有麻煩給我兩袋無花果乾。」

「好喔。」

剛步入老年的商人沙啞的聲音回應要求。正如櫂人所想，他連買方的臉龐都沒看，用雖然欠缺熱情卻很熟練的動作將物品放到一起。櫂人一邊按照對方所言遞出費用，一邊皺起眉。果然很貴。不過，接下來物價才會真正開始上漲吧。

（幸好，託哥多．德歐斯的福，王跟有力貴族都平安無事。社會上的不滿會指向我吧。經濟活動的低落與物資不足，以及末世般的絕望感產生的混亂雖會持續下去，不過應該會隨著王都重建計畫的進行而漸漸回復……事情應該不至於變嚴重。）

不只是人民，各地的領主、商人公會的代表、教會的最高司祭應該都受到相當程度的負擔。各階層的人們與組織，荷包都會變得空空如也吧。然而，也只能請他們忍耐了。

櫂人如此思考之際，小雛也將柳橙收進從城堡帶出來的魔道具皮包之中。裡面已經放了米跟香草束、岩鹽、幾天份的蔬菜、以及乾燥的起士。

「肉乾或是魚……也得買進其他便於貯藏的東西呢。」

「明白了，接下來去那邊吧。」

小雛點點頭後，移動至隔了兩間的店鋪。那兒的店主似乎是老手或內行人，就算在這排攤販中門面也特別氣派。肉塊用鈎子吊在雖然簡易，卻顯得堅固的屋簷下。路上蓋著木片編成的籠子。雞跟家鴨——只要有人購買，就會拿去水井前面宰殺吧——在裡面發出吵鬧的聲音。

才剛要接近店鋪，櫂人就停下腳步。小雛也同時低聲喃道：

「——櫂人大人。」

「沒事，我有察覺到。」

櫂人簡潔地回應。在這段期間內，小雛仍然繼續蹲著眺望家鴨。櫂人依舊佇立在她身後。兩人連視線都沒移動，就這樣探尋四周。

在不知不覺間，他們周圍的人群裡混雜了危險的氣息。

數道視線刺向兩人，其中蘊藏著緊張與警戒，還有無庸置疑的敵意。

而且，遠方開始發出的騷動聲傳入耳中。某人硬是擋下了路上行人的流動。還看不見身影的某人——無視周遭人群的抗議——正試著要封鎖這一帶。

肯定是為了要逮捕兩人吧。

櫂人微微搖頭。

「我確實覺得變裝的方式差勁到了極點……不過也太早被發現了吧？真討厭呢。」

「這也是沒辦法的事，畢竟我們身負龐大的懸賞金。這次沒有以金錢為目的的傢伙突然砍過來就算不錯了。」

「嗯……上次確實很慘。」

兩人深深地嘆息，家鴨呱呱呱地發出叫聲。

同時，民眾發出騷動聲。

身穿鎧甲的一行人，粗暴地推開人潮現身了。醉漢被撞飛，栽向前方跌倒在地。堆滿花的手推車被弄倒，瘦巴巴的狗一邊吠叫一邊逃走。

大騷動接二連三發生，追兵連一眼都沒撇向那些騷動，就這樣包圍櫂人兩人。

四周被緊張感裹住。有事要發生了嗎——所有人都屏住呼吸。

貌似店主的男人完全不看現場氣氛，揮舞剁肉菜刀從攤子裡面出現。

「啥啊，吵架嗎？不管正義是在哪邊，老子可是要在美女這一邊喔，小姐！」

「啊，我已為人婦，請不用在意我。抱歉吵到您了。」

鞠躬致意後，小雛從攤子前方離去。人是我的喔——櫂人精明地將她擁至身邊。他斜眼瞄向追兵，確認他們的身影。

負責打前鋒的，是駐守於教會支部的數名聖騎士。其他成員不管扮相或體格都是一副窮酸樣，看樣子似乎是鎮上的警備兵。先前負責監視的人員之中，似乎也沒有魔術師或是司祭。

櫂人不由得感到失望，他微微搖頭。

（對方急於立功進入戰鬥時，我就覺得不是正規的追兵了。）

「做了錯誤的選擇呢。」

「是啊，真的。」

「真的啊。」

兩人朝彼此點頭。在這段期間內，聖騎士們也縮短距離靠了過來。

櫂人眯起眼睛。他們身上的白銀鎧甲光澤黯淡，腳步也很笨重。別說是保養鎧甲，就連平常的訓練似乎都在偷懶的樣子。雖然這裡是一座大城鎮，不過被派到教會支部恐怕與下放同義，因此他們才過著怠惰的日子吧。

走在前頭的男人發出欠缺熱情，卻明顯帶著焦躁感的聲音。

「你是瀨名．櫂人吧？」

「……就算是愚蠢行逕也該有個限度吧。」

「你這傢伙，不回應嗎！」

有如灌注長年鬱悶般地叫道後，男人伸出手臂。他抓住櫂人的肩膀，然後向後拉。看到沒怎麼抵抗就回過頭的臉龐後，對方「噫」的一聲倒抽一口涼氣。

櫂人浮現與「皇帝」匹配的邪惡笑容。

「——居然打算用這種人員跟裝備跟我對抗啊。」

寒霜般冰冷的聲音令聖騎士臉色一變。

對方大叫的話就不妙了。民眾受到刺激的話怎麼受得了啊——櫂人如此心想迅速行動。

他從放著弗拉德那顆石頭的另一邊口袋裡取出寶石碎片。

蒼藍色光輝落至石板鋪面，櫂人同時彈響手指。

「————發動（La）。」

寶石碎片從內側炸開。

蒼藍光芒與黑色羽毛迸發於四周。兩種顏色以猛烈勁道吞沒櫂人與小雛，以及附近的聖騎士。以人們與家畜害怕的聲音為背景，藍與黑捲起漩渦。

發出「咻啵」的短促聲音後就消失了。

————喀、滋。

櫂人敲響皮靴鞋底降至地面。

他從荒廢的山丘頂環視四周。

這裡是「拷問姬」與「公爵」戰鬥，最終將他燒死的地方。

在方才的一瞬間中，櫂人轉移到了這座山丘。

寶石碎片是用來轉移的魔道具。只要解放灌注其中的魔力，就能飛至從同一塊寶石中取出，埋在他處的碎片所在地。

櫂人向弗拉德學習——仔細想想，他姑且也算是派得上用場——以鮮血與痛苦為媒介，將魔力灌入從伊莉莎白城堡中帶出的古老寶石裡。

小雛接著在他身邊著地。沒能調整好態勢，聖騎士們從斜坡滾了下去。其中一人踩到乾燥的某物後發出慘叫聲。

「這、這是什麼啊！」

山丘上散落著人骨。

這是與「公爵」激戰而使地面捲起，無數棺材遭到破壞的結果。

「……所有人都到齊了。」

在混亂悲鳴此起彼落之際，櫂人輕聲如此低喃。

之所以刻意飛至遠處是有其理由的。這裡被視為汙穢之地而遭到嚴密封鎖，而這也是因為「公爵」的惡行之故。

換言之，如果是這座山丘，就不用擔心會把無關之人捲入其中。

「來吧，讓我向你們有勇無謀的勇氣回禮吧！」

櫂人高亢地發出聲音。將手放上纏在身上的黑布，猛力將其脫下。

從中出現被紅色刺繡妝點、看起來像是軍裝的黑衣身影。

身為通緝犯的罪人，這樣堂堂正正地做出宣言。

「就由『皇帝』的契約者——人類之敵來當你們的對手。」

＊＊＊

在這幾天裡，櫂人急速地學會某件事。

其一，用刀背砍人意外地難。

其二，要一邊注意不留下後遺症，一邊令對手產生懼意也很嚴苛。

「不小心殺掉的話可不是鬧著玩的，事情也會無法挽回啊。」

「辛苦了——！這種戰法真的很有惡之化身的風範，又很有紳士風度！今天果然也很厲害！小雛也被迷得團團轉又意亂情迷呢！」

「嗯，有鼓勵到我。」

呀，櫂人大人好帥氣喔——小雛如此說道，蹦蹦跳跳了起來。

櫂人舉起單臂做出回應，追兵一行人倒在兩人面前。他們完全暈了過去，不過卻無人重傷。一旦清醒，就能自行走下山丘呼救吧。然而，或許這幾天他們會作惡夢也不一定。

（不這樣我就頭痛了。）

櫂人認真地俯視暈過去的人們。

畢竟瀨名櫂人必須得是人類公敵才行。

就立場上而論，櫂人不能甘於當一名普通的逃亡者。他的目的是持續讓教會暫停執行伊莉莎白的死刑。為了這個目的，他必須讓教會維持「瀨名櫂人是人類的威脅」的認知才行。

反擊追兵之際，他總是不忘要將恐懼感刻劃在對方心中。是因為守護王都而緩不出人手，或是還有其他理由呢，幸好追捕手段至今仍未變激烈。不過，櫂人也已經預測到這場鬧劇到頭來也不會長久持續下去。

（不久後就會到極限了吧。）

必須在那之前想想辦法，讓教會撤回伊莉莎白的死刑判決才行。

更重要的是，得讓她改變自己下定的決心。

（不過——我卻想不到那個方法。）

「拷問姬」犯下的罪行實在過於沉重。無論陳列何種理由，事到如今都無法挽回。贖罪是不可能的事。既然無法顛覆過去，她的罪就不會消失。

被殺之人不會回來，櫂人跟伊莉莎白自己都知道這件事。

究竟該如何是好呢——櫂人閉上眼皮如此煩惱。就在此時，低沉聲音響起。

『你這個愚者，實在是悲哀得無可救藥啊。』

「【皇帝】。」

除了契約者櫂人以外，其他人聽不見這個聲音。他對酷似人類的笑聲做出回應。

聲音的主人——「皇帝」——隱藏著最頂級獵犬的完美軀體，就這樣開口低喃。

『沒錯，是你的契約對象，不肖之主所無法匹配的至高獵犬喔。你要重複多少次愚昧行逕才甘願？事情不是很簡單嗎？如同你在王都宣示的一樣，有吾主風範地收集人類的痛苦，取得力量就行了。然後，按照自身所望徹底破壞世界，接著改變它吧。』

「這句話我才是說過無數次了吧？我不打算虐待人，也絕對不要跟老爸變成同一種人。」

『哈，畜牲要嗤笑畜牲嗎？這樣做才好笑喔，惡與惡之間有何差異。』

「皇帝」如此冷哼。櫂人微微瞇起眼睛。的確，光是比較立場的話，他現在是比父親還更加適合被稱為「惡」的存在。

畢竟瀨名櫂人是人類公敵。

他一邊不由自主地對這個事實感到愉快，一邊接著說道：

「哈哈，確實如此……不過啊，『皇帝』。話說回來，就算要害人好了，要藉此取得力量也是不可能的事情吧。在那之前，伊莉莎白就會先衝過來殺掉我。」

『不過，再這樣下去，你也會被砍掉腦袋喔。哎呀，難看難看，真是難看。無論情況如何，死都是一件難看的事情。既然如此，至少你也稍微朝自己的願望掙扎一下給吾看吧。』

「皇帝」撂下此言，櫂人也點頭同意。正如「皇帝」以前也對他說過的一樣。

所謂的惡魔，就是在欲望與願望的盡頭伸出手，方能初次抵達的至高之力。忘記自己最大的願望，是戴著善人面具的呆子才會去做的事。

（即使如此，我還是無法背叛諾耶，還有我自己。）

櫂人回想起代替自己被「伯爵」的蜘蛛吃掉的少年。他這個存在宛如楔子般繫住櫂人的心，不讓櫂人越過最後的那一條線。

自己得到了他的幫助，所以不能用那隻手去造就同樣的犧牲。跟父親一樣，變成只會虐待嘲笑弱者的畜牲實在是難以忍受。

然而如此回應「皇帝」之前，現在還有其他事情要做才對。

「——那麼，你們究竟有何貴幹？」

櫂人用充滿確信的聲音如此提問，然而卻沒有得到答覆。即使如此，他仍然將沉著的視線投向墓碑背後還有棺材殘骸的另一側。是這種毫無迷惘的態度果然會令人心生動搖嗎？空氣微微地搖晃。

進行轉移之後，櫂人就立刻發現有數道氣息追著魔力殘渣來到此處。

小雛似乎跟他一樣——或是更早一步地——察覺到此事。然而櫂人斜眼確認後，她卻還沒有舉起槍斧(Halberd)。

小雛正避免讓對方心生戒心，藉此窺探其動向。

（嗯，這個判斷很正確。）

畢竟無法從新的追兵身上感受到敵意。

對方究竟在思考什麼，又有何目的？

櫂人掩去內心困惑，用確切的眼神持續望向潛藏著氣息的地點。

終於無法堅持下去，數道人影走了出來。跟先前的追兵一樣，他們全身覆蓋著鎧甲，但在素材上卻與聖騎士或是王國騎士有所不同。不只是金屬，也使用了鱗片跟皮革。以朱紅色為中心的扮相令人感受到特有的美學與文化。

更重要的是，看到他們的臉後，櫂人感到愕然。

「————獸人？」

新的追兵並非人類。

頭部是野獸，全身長著看起來很硬的獸毛，手腳上甚至有著利爪。

櫂人想起以前從伊莉莎白那邊聽過的事。

『是亞人跟獸人的混血種喔，也沒那麼稀奇呢。因為在低階層的街道有越來越多的異種族流入。貧民窟有三成，北方則是超過四成喲。外表完全不同的純血種是亞人或獸人的貴族階級，因此在人類群居的地方是看不到的。』

櫂人再次眺望眼前的獸人。他們身上沒有部位跟人類完全相同。雖然欠缺貴族風貌，不過恐怕是純血種吧。然而，如果跟伊莉莎白說的一樣，他們應該不會出現在人類的領域才對。

為何獸人們會在這裡呢？

疑惑一味地增加。然而，櫂人根本沒時間直接問他們。

獸人們手按劍柄，就這樣採取行動。

他們用毫無破綻的步伐排列在兩人面前。

櫂人舉起手掌，擺出隨時可以彈響手指的姿勢。小雛也用流暢的動作，從因為是魔道具所以沒有底部的皮包中抽出長槍斧。

獸人們用打量某事的眼神仰望櫂人。

他用冷靜的眼神回應，就像在尋問對方真正的意圖似的。

在那瞬間，眾獸人朝彼此點頭，然後一同行動。

他們宛如忠臣般，單膝跪在櫂人面前。

「————啥？」

「看起來您就是瀨名・櫂人閣下。」

低沉聲音響起。雖然整個人楞住，櫂人仍是反射性地感謝人造人（golem）的翻譯機能。獸人使用的語言很有可能與人類相左，沒有翻譯機能恐怕無法理解吧。

劍上掛著漂亮的穗飾、有著赤銅色毛皮的獸人——頭部是狼——接著說道：

「請務必同行至吾等之地。」

他倏地抬起臉龐，寄宿堅強意志光輝的金瞳射穿櫂人。

然後，狼頭獸人接著說出櫂人沒有預料到的話語。

「吾等會將人類公敵視為賓客迎接。」

＊＊＊

「解釋一下吧。」

首先，櫂人如此要求。

聽到獸人們的話語後，瞬間在他腦海裡飛馳的是前世的記憶。

在那世界裡，沒有像惡魔這種明確威脅人類的存在。國際情勢也因此更加複雜化。

而且就在前一陣子，惡魔這個威脅——除了櫂人以外——也幾乎從這個世界消失。

關於人類與獸人的歷史，櫂人形同一無所知。然而，他仍是對兩種族之間的磨擦有一些理解。人類的領域中存在著「獸人排他地區」，而獸人這一方也封鎖了純血領域，因此也能從這個事實中讀取雙方在情感上的衝突。實際上在「公爵」開始利用此處的許久以前，這座山丘也發生過獸人與人類之間的嚴重流血事件。

同時，根據伊莉莎白所言，獸人、亞人的純血區與人類領域的邊境線，在第三次和平協議之後應該都很平靜才是。

（在安定的狀態下，將異種族的敵人延攬至自己這一方。）

櫂人沒笨到無法推測到這種意圖的地步，只有破壞雙方均衡這件事非避免不可。然而，獸人卻進一步地說出他沒預料到的話語。

「之所以召攬您不為他事，就是希望您助吾等一臂之力，解決突然發生在吾等領地上的慘劇。已經有許多村莊被某人下手慘遭虐殺了。」

「——虐殺？」

充滿危險氣息的單字讓櫂人不由自主皺眉。搖曳著赤銅色的光亮毛髮，狼頭獸人點點頭。或許是曾經親眼目睹那副慘狀，他不悅地接著說道：

「女人、小孩、老人——甚至是嬰兒都毫無分別地下了手。正在巡邏的勇士也有許多人犧牲了。我不曾見過那種程度的地獄。再這樣下去，還會有許多村莊被殺光吧。吾等需要力量。」

「等一下。如果是為了防止犧牲而需要幫助，我很樂意助你們一臂之力。不過，你剛才說想要將『人類公敵視為賓客迎接』吧？」

「——正是。」

狼頭用真的很認真的態度點頭同意。然而櫂人卻不懂村莊遭到虐殺的事實，與這句話語之間的連繫。他用粗魯的語氣吐出疑問。

「為何需要『人類公敵』？居然要仰賴『皇帝』契約者協助，由我說這種話雖然很奇怪，但這樣做根本就是瘋了。如果是以自身武力無論如何都沒辦法解決的狀況，就應該請求人類幫忙才對吧？」

「就是因為不可能這樣做，吾等才會請求您協助。絕對不能讓人類曉得吾等正在採取行動。直至今日為止，吾等身為『好鄰居』，對於遭受惡魔侵略的人類一直暗中、卻毫不吝惜地提供物資與金錢上的協助。這次的慘案，只能想成是對這個善舉的背叛行為。」

「也就是說，你們——」

「虐殺的犯人是人類——而且還不是個人，而是集團——吾等是如此推測的。」

狼頭獸人點了頭，他背後的部下們也仿效這個動作。

櫂人倒抽一口涼氣。與惡魔之戰已經告終，然而，這次卻藉由人之手引發了慘劇。這種事真的有可能發生嗎？櫂人感到困惑。

在他面前，狼頭將具體的殺意化為言語。

「就坦白告訴您吧。根據事情的發展，也希望您以人類公敵的身分擔任吾等客將。教會自豪的固定砲台『牧羊人』拉．謬爾茲已經身亡。然而，教會仍然保有許多冠有聖人之名的生物兵器。能正面對抗他們的也只有惡魔了吧。」

「有證據顯示虐殺是人類幹的好事嗎？」

櫂人低聲詢問。然而，他也微微察到獸人那一方的答案。

狼頭劍士無言地回望權人，金眸裡盈滿怒火與確信。

這就是回應。

細細吐出氣息後，權人再次詢問。

「明白了，讓我聽聽你們的根據吧。」

「因為被虐殺後的屍骸慘狀，是同胞的話絕對弄不出來。」

獸人如此回答後，權人無法接受地皺起眉。這感覺起來只不過是基於感情論的判斷。然而，獸人卻接著補充說明並非如此。

「吾等與人的倫理觀相左。吾等會利用死者的毛皮與骨頭，視情況而定也會吃肉。人類雖然應該難以理解，不過這正是從森林之王那代延續至今，吾等的弔祭方式——然而，這次的遺骸卻被做出極度過分的冒瀆之舉。」

狼頭劍士用力握緊拳頭，權人覺得自己聽見了骨頭的輾壓聲。

「犧牲者活生生地從腹部被挖出內臟。那些東西與遺骸一起腐敗，就這樣被棄置在一旁。如果是同胞的話，就算對方是敵人也不會做出這種行為。然而，這也不是亞人幹的好事。因為平分領地之友的倫理觀也跟吾等相近。」

（再來就是消去法嗎？）

虐殺犯不是獸人也不是亞人。如此一來，答案只剩下一個。

權人垂下眼簾。從他這個人類的角度來看，利用屍骸跟食肉也已經夠冒瀆了。然而就算是異世界，每個國家的埋葬方式也是有所差異。如果種族不同，那就更是如此了。

而且，獸人的毛皮比人類之物更堅固，用途也很廣泛。他們有著以自身肉體為資源，逐漸走上繁榮之路的歷史。

另外，櫂人出身於現代日本，以他的宗教觀而論雖然難以理解，卻也能從獸人們的表情上看出虐殺的屍骸冒犯了可怕的禁忌。

狼頭用灌注憎恨聲音重複說道：

「對吾等來說，這只可能是人類所為。」

「某人反過來利用這一點做出此舉——也有這種可能性喔。」

「當然。就是因為這樣，吾等需要您的協助。吾等必須冷靜地做出判斷……如果是同胞所為，就要給對方應有的報應。然後，如果是人類所為，吾等就得用獠牙來回報無情才行。」

狼頭喀嚓一聲弄響下顎。

櫂人不由得用單手蓋住臉龐。瀨名櫂人是人類的敵對者。獸人想將櫂人作為武力收進自身陣營的同時，似乎也期待他身為第三者對慘劇的冷靜判斷力。

這是負擔沉重到令人吃驚的事態。櫂人一邊深深嘆息，一邊從臉龐上移開手。

「不過，為何是我呢？我剛才也說過吧，就算拜託惡魔契約者好了，你們難道不認為事態會惡化嗎？」

「櫂人大人，吾等也不是什麼情報都沒有就接觸您的。吾等聽聞了『伯爵』那起事件。」

「『伯爵』？」

意想不到的一句話讓櫂人露出困惑表情。

「伯爵」是以買來的孩子們為對象，上演殘酷劇場（Grand Guignol）的惡魔。櫂人被捲入他的地獄遊戲之中。然而他卻受到諾耶庇護，九死一生地活了下來。

櫂人沒想到這件事到了現在，居然會與獸人們的信賴扯上關係。

櫂人臉上浮現問號後，狼頭做出回應。

「試圖與您接觸前，吾等取得了王都崩壞時流出，與十四惡魔戰鬥的紀錄。其中也有『皇帝』逃脫後補述的『伯爵』戰鬥紀錄。關於自己向教會隱匿的隨從，『拷問姬』對此發表了新的證言。」

「咦？關於我嗎？」

意外的情報讓櫂人瞪圓眼睛。同時，他回想起庫爾雷斯的話語。

『伊莉莎白，妳並沒有向我們報告自己召喚了【異世界】的人類靈魂吧？』

伊莉莎白對教會隱瞞了一部分——搞不好是全部——櫂人的情報。然而與庫爾雷斯戰鬥後，由於隨從存在一事曝光之故，她再次提出了細節吧。

櫂人沒從伊莉莎白那邊聽過那些內容。

狼頭獸人陳述記錄在那兒的事實。

「她似乎想要強調召喚的隨從是『無罪之魂』，就現階段而言並非處分對象。與『伯爵』戰鬥時您試圖救出孩子們，關於此事她也做了報告。裡面說您甚至為了此事切斷自己的手腕。」

「……到頭來所有人都被『伯爵』吃掉，連一個人都沒得救就是了。」

「即使如此，您就算對待獸人與亞人也是一視同仁，為了幫助孩子們而奮鬥。就是因為這樣，吾等才判斷值得在您身上賭上一把。而且像這樣追蹤您，拜見您戰鬥的模樣後，這股確信變得更強了……雖然失禮，不過方才您有放水吧？」

「算是啦。」

櫂人率直地點了頭。他還不習慣驅使力量，就明眼人來看，與追兵們的那一戰似乎明顯看得出是在放水。狼頭獸人深深地點頭。

「雙方的實力差距顯而易見，您也有辦法殺掉他們。不只如此，無論是何種殘酷無情之舉也都能做到吧。然而，您卻沒有這樣做。身上也沒有滲入金錢與鮮血的那種惡人氣味。吾等判斷您與戰鬥紀錄推導出來的人物側寫相去不遠。」

「明白了，如果這樣你們可以接受的話，那我這邊也行……就答應下來吧。雖然我無法確切地承諾要擔任客將就是了，帶我去你們的領土吧。」

櫂人如此說道。小雛沒插嘴干涉這個判斷，無言地將身軀靠向他那邊。

狼頭獸人讓金眸發出光輝。他立刻低頭行禮。

「此言當真嗎？真是感恩，吾等會款待您的！」

「雖然不曉得能不能幫上忙就是了。不過有件事我想先確認……可以先帶我去被虐殺的村莊嗎？雖然我的眼光只是外行人水準，但應該有我可以判斷出來的事情……對了──」

櫂人開了口。接下來的話語，用實在過於自然的語調從他的唇瓣滑落。

櫂人臉上甚至浮現輕笑，開口如此詢問。

「被虐殺的屍體有保持原狀嗎？我想先看一看。」

這道聲音甚至伴隨著與內容不相稱的輕鬆氛圍。

在一瞬間過後，櫂人對自己的過度無情感到愕然，獸人們也猛然抬起臉龐。他們眼底深處浮現難以抹去的厭惡神色。就在此時，櫂人領悟到一個事實。

（我無疑就是惡魔的契約者。）

是受到「皇帝」認同的器皿。

＊＊＊

獸人們使用的移動陣與人類的不同。原理本身雖然一樣，他們卻是使用乾燥碎裂的血液與骨粉，以及磨成粉的乾燥內臟代替顏料。

「是從自然死亡的術師遺骸中取得的魔道具。」

狼頭獸人──他自稱是琉特──如此說道。

據說只要使用它，就算是對魔術一竅不通的人也能自由移動。不過轉移與回去時都得重新繪出移動陣。雖然方便，但在人世無疑會被當成禁用的道具吧。恐怕光是持有都無法免於嚴罰。

「在吾等之間也傳頌著聖女讓神明寄宿於現世肉身的傳說。不過比起神明，吾等尊崇的乃是孕育生命的自然與大地本身。或許是因為信仰心薄弱，吾等雖逃過惡魔的寵愛，卻也離神明的恩典很遙遠。就算擁有足以追蹤魔力殘渣的嗅覺與分析力，實際有辦法使用魔術的能人很少。因此這些亡骸會在術師同意下被視為共有財產。」

「原來如此，意思就是你們以自己的方式下了功夫呢。」

「您能理解我感到很開心。」

大概是害怕引起櫂人反感，琉特仔細地做出說明。櫂人點點頭。既然得到術師本人的同意，他也無意要否定使用那些屍骸的文化。

兩人談話之際，琉特的部下們也在山丘上畫著移動陣。不久後，比人類術師使用之物更接近幾何學的圖形完成了。

「這邊請。首先帶您去發生虐殺的村子。剛好吾等直到今天早晨都還在搜索犯人的痕跡……所以屍體仍然維持著原狀吧。」

「嗯，拜託你了。」

琉特招招手後，櫂人就這樣站到他身邊。小雛跟在櫂人旁邊。櫂人自然而然地將手放到她的腰際，將她抱向身邊。小雛緊緊地將身軀靠向他。

琉特從懷中取出緋紅色石頭。他有如打火石般讓它們互相碰撞。琉特在內臟碎片堆得特別高的地方降下許多火花。

「『金色之雨，火之風暴，覺醒之刻來臨了，燃燒吧』。」

瞬間，移動陣外圍迸出火焰，中央處捲起紅與白的沙塵。

發出沙沙聲響的沙暴奪去櫂人與小雛的視野。有如沙畫般，兩種色彩以複雜的混合方式埋盡他們眼前光景。它們有如牆壁般變硬、龜裂，然後崩塌。

紅與白的四邊形塊狀物滾倒在大地上，然後消失。

回過神時，櫂人他們已經站在獸人的領域上了。

＊＊＊

（——這裡就是了嗎？）

琉特跟部下們指定移動陣的位置時，權人回想起從小雛口中聽聞的情報。

純血區是獸人貴族階級之地。這是眾人類共通的認知。然而，只由貴族所成立的社會是不存在的。守護國家的武人、耕作大地也進行畜產的農民、負責流通的商人，社會需要各式各樣的人員。他們的文明也已經過了只靠狩獵維生的階段。然而就人類這一方的見解而論，還是將他們所有人視為支配階級的「所有物」。

因此，純血區說到底就是「貴族之地」的認知，即使到了現在仍然維持著。

因為限定擁有者的話，有事發生時交涉起來比較方便。然而，兩人面前卻是一整片樸素的村莊，就像要證明這種朦朧的豪奢印象有誤似的。

村子——是為了防止侵犯吧——圍繞著纏有毒藤蔓的木柵。由於重視風與大地，有著獸型的變形風向雞，以及垂至地面的護身符布條隨處可見。建築物的地基使用石頭，木材則是用在本體上，屋頂與水井貼著鱗片與皮革。獸人之地雖然比人居住的地方偏北，不過房子卻蓋得讓人乍看之下不曉得這樣是不是很防寒。而且，十多棟民宅與民宅之間橫跨著粗糙的鐵鍊。

櫂人感到不太自然而停下視線。

鎖鏈有如蜘蛛網般互相纏繞，無數獵物被吊在那兒。有大影子，中間大小的影子。以及小到可以抱在懷中的影子。所有黑影都覆蓋著大量蒼蠅。每當蟲子們蠕動時，吊在鐵鍊上塊狀輪廓就會微微震動。

在那瞬間，櫂人察覺到熟悉的濃厚腐臭與血腥味。

確認其真面目前，他先將眼睛閉上。在耳膜內側，「皇帝」用像似人類的聲音發出嗤笑。小雛試圖走至櫂人前方，他卻伸出單臂制止她，然後下定決心。

櫂人睜開眼睛直視慘劇。

被吊著的果然是村人們。

狐頭獸人們，彷彿像是戰利品似的被當成擺飾品。

謝肉祭，獵狐日之後。

櫂人腦袋裡像這樣浮現輕率的比喻。然而，不久後他抵達了正確答案。

虐殺。

用其他方式表現這副慘狀不能說是妥當。

血與腐汁沿著鎖鏈啪噠啪噠地滴落至地面，犧牲者的腹部都被割裂，可以從裡面窺見空盪盪的腹腔。肉的底部有白色蛆蟲正在蠕動。

權人握緊拳頭接近屍骸。他抬頭仰望那些表情，犧牲者的臉龐僵成足以令人恐懼的苦悶模樣。不管是人或是獸人，其淒絕程度都是不變的。

「啊——很痛呢。」

權人低喃，他的胸口中浮起對陌生犯人的怒火與厭惡感。然而權人從生前就早已習慣持續著的負面情感，因此被激情過度擺布的腦袋急速地取回了冷靜。

將視線移回民宅之間後，他向琉特問道：

「……內容物呢？」

「內容物是？」

「這些人的臟器在哪裡？」

權人淡淡地詢問。頓時明白後，琉特吞吞吐吐了起來。

權人等待回應。被挖除的臟器量應該很多才對。然而，它們卻不存在於視野範圍內。雖然有看見一部分零散內臟的痕跡，本體卻沒有殘留下來。

數秒後，琉特厭惡地做出回應。

「雖然連說出口都令人感到恐懼，不過全都被集中起來塞進畜舍了……也有很多人會揶揄獸人從事畜產行為。吾等從處理內臟的方式推斷這是挑釁，也是以冒瀆為目的之舉。」

「那邊也還維持著原狀嗎？」

「是連個別取出都有難度的狀態，之後預定要連同畜舍整個燒掉。」

「讓我看看。」

櫂人直截了當地提出訴求。琉特彎下身軀，擔心地加上忠告。

「……那些東西相當駭人喔。」

「沒關係的，我也見過在內臟跟大腦被迫融合的狀態下還活著的人們。」

有如理解般點點頭後，琉特邁出步伐走在前頭，然而他部下卻停留在原地。看樣子他們不想再次目睹畜舍內的慘狀。

將部下留下後，櫂人與小雛跟在琉特身後。他在狹窄牧場隔壁的小屋前方停下腳步。雖然猶豫了一瞬間，琉特仍是抽出封住門扉的門閂。

（……甚至不想要打開啊。）

如此思考後，櫂人自然而然地站到前方。他代替琉特，將手放到門扉上面。

櫂人緩緩將門推向內側打開它。

蒼蠅發出聲音飛舞而起，黏稠又濃厚的血腥味與腐臭溢出。

凝神注視感覺起來莫名柔軟的紅色微暗光景後，櫂人點點頭。

（的確，對殘酷光景沒有免疫力的話，是會造成心理創傷啊。）

他與小雛並肩而立，凝視淒慘的光景。

因穢物與血液、以及脂肪而濕滑的地板上，獸人們的臟器堆積如山。纏在一起的腸子破掉，胃袋潰爛，內容物從裡面溢出。肉山釋放出比屍骸還要強烈的惡臭。變成一整團有著複雜形狀的肉塊，甚至醜惡到難以想像它們曾經收納在生物腹部內。然而只要仔細觀視，就會看見在這座駭人之山裡面也混雜著內臟以外的異物。

牛或是豬的頭部突出肉山，宛如低級又滑稽的蛋糕裝飾品。

櫂人捏住豬耳向外拉。豬頭一邊發出惹人厭的聲響，一邊被拔出來。黏液滴落，目不轉睛眺望以俐落手法切斷的傷口後，櫂人將視線移回內臟山。

數秒後，他喃喃低語。

「……這個沒有意義呢。」

櫂人迅速地放開手，豬頭落下。有如洩氣的橡皮球般只在地板上彈跳一次後，不滿地回歸臟器之海當中。

在櫂人背後，琉特發出吃驚的聲音。

「沒有意義是指？」

「這個——並不是某種挑釁、暗喻、或是冒瀆的象徵。」

櫂人如此斷言。

他指著跟內臟隨意交纏在一起的家畜頭部。

「要讓它有這種意義的話，應該會更有效地活用家畜的屍骸吧。就『刻意展示』而論，這樣太隨便也太粗糙了。如此一來，實在是太依賴對象的想像力了。」

「那麼……為何要把內臟放到畜舍？」

「是更單純的原因。」

櫂人用歌詠般的圓滑語調回應。事到如今，眼前這種程度的光景甚至不會令他動搖。

因此，櫂人淡淡地告知「自己所見」。

「地面上有內臟掉落的痕跡。也就是說，將人們吊起來挖除內臟時，最先會掉在腳邊吧。不過由於量越來越多，所以變得礙事，因此集中起來扔至一處。家畜很吵，所以讓牠們閉上嘴巴……這樣講雖然不好，不過這只是一連串的作業流程吧。」

他的話語讓琉特豎起毛髮。這是普通會有的反應嗎——櫂人感到有些吃驚。琉特展現出來的怒火就是如此激烈。

他在金瞳盈滿憎惡，來回瞪視駭人光景與櫂人。

「這就是……這就是為了這個目的而弄出來的東西嗎？」

「嗯……大概吧……別這樣瞪我，不是我幹的。」

「……啊，非常抱歉。失禮了。」

琉特連忙從櫂人身上錯開視線。然而面對做出惡魔般推論的櫂人，那對眼瞳中仍然浮現著難以抹滅的反感與厭惡神色。櫂人沒指正這件事，點點頭關上畜舍的門扉。他回到吊在建築物之間的鎖鏈處。

櫂人再次觀察起被吊起來的村人們。

犧牲者的肩膀被固定成奇妙的形狀。鎖鏈貫穿左肩，通過脖子後方再貫穿右肩。而且出血量也很激烈。恐怕這些處置都是在生前進行的吧。

「把還活著的對象吊在半空中，然後割裂肚子挖掉內臟嗎？」

「鎖鏈本身也看不到嚴重的劣化。而且全都是一擊貫穿。」

「就算使用器具，以人類之力也做不到……這不是人類所為。」

櫂人與小雛如此互相低喃。琉特在兩人背後端正姿勢，他的部下也在不知不覺間齊聚於後方。

獸人們默不作聲，他們用緊張的神態等待櫂人的答案。

（……可以理解這種心情。）

櫂人一邊沐浴在令人感到刺痛的視線之中，一邊領悟到為何獸人們會認為這副慘狀是人類害的。他們無論如何都不願去思考同胞會犯下如此凶殘的罪行吧。而且面對超脫常軌的殘虐行為，不管是誰都會想要找出某種意圖。

如果沒有某種理由的話，目擊者就會無法接受。

正是因為如此，獸人們才會料定人類是假想敵。
（的確，那個想法也有正確的部分就是了。）
這不是人類所做的。話雖如此，也不是獸人所為。
這是正常人不可能做到的凶殘犯行。除了給予痛苦外，其中也沒有更深一層的意圖。

偏離正軌。
只是瘋狂又邪惡的犯行。

「我知道犯人。」
櫂人如此斷言。小雛靜靜點頭，獸人們啞口無言。
「……究竟是何人呢？」
鎖鏈因風發出刺耳壓轢聲。屍體搖晃，蒼蠅飛舞，腐臭味變濃冽。
櫂人一邊用全身承受所有不舒服的感覺，一邊開口說道：

「————這無疑是惡魔幹的好事。」

然而，這個答案卻與現實產生激烈的矛盾。

十四惡魔的契約者全部死亡了。

與「拷問姬」一同殺光他們的不是別人，正是櫂人才對。

2 未知的敵人

時光將事態拋至身後，毫不留情地流逝。

太陽緩緩西墜。白天櫂人讓聖騎士們昏死過去的山丘也被暗闇裹住。

昔日戰鬥所造成的洞穴也被染黑至底部，眼前盡是有如漆黑之湖般的光景。棺材與人骨也被隱藏至黑闇內側，附近這一帶相當平穩又安靜。

就在此時，銳利聲音響起。

——喀、滋。

美貌女孩高聲敲響高跟鞋，降落至山丘丘頂。

是「拷問姬」伊莉莎白·雷·法紐。她用紅色瞳眸睥睨四周。

「來了這種地方嗎……又選了既無聊又懷念的地方呢。」

伊莉莎白如此冷哼。

她搖曳烏黑柔亮的秀髮，以及從腰際延伸而出——內側是緋紅色——的裝飾布，開始調查山丘上有無異狀。數秒後，伊莉莎白單膝跪到地上。她絲毫不怕人骨，確認魔力量增加的位置。

乍看之下，那兒沒有任何痕跡。恐怕有人負責湮滅證據，慎重地捧著土壤弄平了吧。然而，伊莉莎白卻用極度的集中力找出微微染成赤紅色的部分。

「————哼！」

她用指尖撈起該處的土含入口中。伊莉莎白藉由滲至舌頭上的魔力搜索記憶。猜想是某個魔道具後，她吐出土，輕輕擦拭髒掉的唇瓣。

「有著古老肉味的魔力嗎……血與骨，磨成粉的內臟，雖然原始卻很方便。在人世會被當成禁用品就是了……原來如此。」

伊莉莎白深深嘆息。

接到教會聯絡，取得跟「皇帝」契約者有關的新目擊報告後，她與平時不同直接造訪了現場。因為報告的內容她覺得有地方不太對勁。

死命逃走受到保護的聖騎士做出證言。

在半夢半醒時似乎聽見「皇帝」契約者與某人在談話——他如此說。

櫂人的談話對象可能只是小雛或弗拉德，抑或「皇帝」罷了。然而要悠哉無視這件事，現在的時機實在是很不適合。

（自從權人在王都對人類做出敵對宣言後，已經過了不少時間。）

與至今為止的惡魔們不同，他是有辦法對話的人物。就算有人開始這樣理解也不足為奇。或許試圖與權人接觸的人終於出現了。

伊莉莎白如此擔心，看樣子她的掛念似乎是漂亮地正中紅心了。

而且跟權人接觸的對象偏偏是異種族。

「對方是獸人嗎？這下子更棘手了。」

如此一來，就會產生新的問題。

獸人的純血區不可侵犯，就連教會的監視眼線也到達不了那邊。而且，伊莉莎白是教會的棋子，也相當於強力的武器。這樣的她如果獨斷獨行侵入獸人領域，甚至有可能會成為戰爭的導火線。

「你究竟被捲入何事，又打算要幹什麼呢，權人啊？」

伊莉莎白在漸漸加深的暗闇中低喃，卻沒有回應。這也是理所當然的事。

因為在過去，瀨名權人曾試圖待在她身邊直至最後一刻，如今他卻在遙遠的地方。

瀨名權人選擇了成為人類公敵的道路。

現在，獸人們接觸了這樣的他。

這究竟有著何種含意，又會與何種結果產生關連，目前仍然不得而知。

不過可以確定的是，櫂人暫時消失到了伊莉莎白伸手所無法觸及的場所。

「……少開玩笑了。」

她咬緊唇瓣。伊莉莎白勃然大怒。然而，她並不是在氣惱櫂人消失的事實本身。伊莉莎白在對不由分說湧上自己心頭的另一股情感表示猛烈怒意。

殺不了瀨名櫂人的這件事，

如今讓她感受到確切的安心感。

對「拷問姬」而言，這實在是難以容許之事。

＊＊＊

「————唔，哈啾！」

「哎呀，感冒了嗎？吾等之地比人住的地方還要寒冷。因為就像這樣，吾等身上甚至長

著毛皮。配合人類調整暖度我實在不拿手……如果火不夠的話，請您不用客氣直說吧。」

「不，沒事。這不是感冒……嗯，果然有人在說我的閒話吧。」

櫂人依舊悠哉地回應琉特粗線條卻流露體貼之意的話語。

太陽已經下山，如今他們不是在發生虐殺的村莊，而是在另一處。

這裡也是排列著簡樸民宅的小村子，櫂人他們坐在用樹枝編高的圍牆入口附近烤營火。這附近有著一大片森林，沉進林木間的暗闇帶有大量水分，寒冷到會滲入體內。然而，火焰卻剛健地將之驅逐。

營火上方擺著放滿水的鍋子，裡面正煮著切碎的花瓣。不久後，熱水染成鮮艷的橙色。

負責顧鍋子的小雛搖曳女傭服，迅速站起身子。

「好，再熬會變澀的，要慎重且大膽地……嘿！」

從火上面拿下鍋子後，小雛撈起變得皺巴巴的花瓣。將花瓣放到其他盤子上後，她將果乾切碎放入鍋內。在餘熱加溫下，熱水的橙色漸漸轉紅。硬邦邦的碎片有如花瓣般展開後，小雛看準時機將鍋內的熱水倒入杯中。

「來，櫂人大人，琉特先生，請用。」

「謝謝妳，小雛。」

「哎呀，明明是吾等帶來的葉子，泡得還真是棒呢。小雛大人的機能傑出到只能令人讚嘆……不，失禮了。小雛大人雖說自己是機械人偶，不過我的語氣應該要更像面對人類那樣才對嗎？我是粗人，所以很笨拙。真是抱歉，呃——」

「呵呵，請不要介意。因為我是心愛的櫂人大人永遠的戀人、伴侶、士兵、武器、玩物、性愛道具、新娘——也是人偶。我打從心底對這個事實感到驕傲。」

小雛柔和地微笑。琉特佩服地瞇起眼睛，高高舉起杯子。

「原來如此，以自身的存在方式為豪，無論是什麼種族都很美麗啊。容我再次為妳傑出的機能表示感謝。」

他雖然口中讚美，卻沒將杯子就口。琉特抽動鼻子——與完全的野獸相比，嗅覺上的嗜好果然也不一樣嗎——放緩嘴角享受著香氣。看樣子等飲料變涼再喝似乎是獸人的習慣。

櫂人先喝了一口。湯汁不可思議地帶有黏稠度。含有果實酸味、宛如蜂蜜般的甜味在嘴裡擴散。那是可以從腹底溶出疲勞感的味道。緩緩吐出氣息後，櫂人抬頭望仰夜空。

仰望散布著星辰的黑暗，他輕聲低喃。

「……遲遲沒出現呢。」

「嗯，雖然想快點血祭對方就是了。」

「周圍也還沒有奇怪的氣息呢。」

雖然過著安穩的時光，三人卻低聲囁語互相交談。他們表現出正在休息的模樣，卻總是警戒著四周。琉特的部下們也在四周以同樣的方式消磨時間。

他們像這樣等待著。

埋伏等待虐殺犯襲擊新的村莊。

＊＊＊

說起來這個單純又明確的計畫，是在一名始料未及的人物提出建議後才產生的。

「——關於犯人的真面目就暫時保留吧，現在要關注如何防止下一次虐殺。」

在被害者被吊在半空中的村子裡，櫂人如此說道將結論擱置一旁。

就算斷定犯人是惡魔，也無法與阻止虐殺的具體線索連結在一起。現在首要之務是防止同樣的犧牲，為此必須預測下一個襲擊場所。然而，就算以幫手之姿加入行動，櫂人也毫無探索能力。可悲的是，就算他在場情況也不會好轉。

今後加入巡邏部隊巡視各村莊的做法也過於溫吞，在這段期間內還會出現大批犧牲者吧。

「有沒有某種特定方式……對了，問看看那傢伙吧。」

就在此時，櫂人想到可以找某個人物商量。

「皇帝」的上一代契約者，弗拉德．雷．法紐。

畢竟他是進行虐殺那一方的人物，或許能從意想不到的見解中得到建議。

櫂人抱著這種期待，將魔力輸入——裝有弗拉德靈魂複製品的——寶珠。

蒼藍花瓣與黑色羽毛豪奢地從裡面飛出。弗拉德以它們為背影，一如往常地優雅現身。他搖曳著與絲質領巾襯衫很合稱的貴族打扮，在虛空中蹺起修長的雙足。

『有什麼事呢，【吾之後繼者（My Dear）】？』

「有件事想問你，願意聽聽嗎？」

『唔……對於被關在無聊至極的寶珠裡丟著不管，就像在說早已沒有利用價值的人來說，這句話感覺起來還挺愉快的吶。』

「抱歉，我現在就把你收回去。」

『我就聽看看吧。』

看樣子弗拉德似乎相當無聊。

突然有人而且明顯不像好人——出現，就算對方是幻影，獸人們仍然動搖了。然而櫂人卻暫且置之不理，先向弗拉德說出內情。

弗拉德輕撫自己的下巴，點頭發出沉吟。

『借我地圖。』

似乎被什麼勾起了興趣，弗拉德用不同以往的認真模樣，探頭望向櫂人高舉的地圖。弗拉德一邊指著地圖，一邊向琉特陸續發問。

『過去發生虐殺的地點在哪？唔，獸人對食物的喜好因種族不同而有所分別，所以每座村子都是同種族聚集在一起吧？犧牲者是哪種動物？別叫人家動物？小細節就別管啦……原來如此，各自的屠殺方式呢？剝皮、串刺、吊在半空……唔，那麼，接著可以告訴我這個範圍內的村子棲息的種族嗎？嗯，全部。』

不久後感到滿足，弗拉德再次撫摸下巴。

被迫說明過去的慘狀，琉特與部下們臉上出現濃厚的疲勞神色。如果這樣還什麼都不曉得的話，就再也不要把弗拉德放到外面來了——櫂人在心中如此決定。然而，弗拉德本人卻從容無比地啪嚓一聲彈響手指。

他用裹著白手套的手指向一座村子。

『接下來被襲擊的是這裡。』

「為什麼你能斷定？」

就算是櫂人，也被這種毫無迷惘的程度嚇了一跳。

弗拉德再次指向地圖。他以最後發生虐殺的村子為中心，大大描繪出圓形。

『講起來很單純。進行虐殺的場所乍看之下是東挑一處西挑一處，卻是從最後一處被襲擊的村莊算起，在這種大小的圓形範圍內被挑選出來的吧。敵人有辦法移動的距離，恐怕跟圓的直徑差不多。』

「不……就算這樣好了，面積仍然挺大的不是嗎？」

「嗯，關於敵人的移動距離，吾等也已經計算出來了。不過，要縮小範圍找出被視為襲擊對象的村莊，這個範圍還是太廣闊了。」

『既然如此，就改變觀點吧。你們可以看看至今為止被虐殺的村民。舉例的話就是兔族、鳥族、狐族……剝皮、串刺、吊在半空。雖然皆各自選用了適合的殺害方式，不過手法還挺多采多姿的吧？』

「確實如此……然後呢？」

『被我挑上的村子是在圓形的範圍內，而且住著鹿族。也就是說，與至今為止被殺掉的獸人們相比，他們具備大大不同的特徵——也就是有角。』

「我就說了，那又怎樣？」

『嗯？這是理所當然的事吧，【吾之後繼者(My Dear)】？你思考看看殺掉後的事。把屍體排列在一起後的光景會有所不同，更重要的是，可以用上以角進行的折磨手段或是裝飾方法了不是嗎！』

凝重的沉默落下，現場氛圍急遽變冷。

櫂人啞口無言，小雛搖搖頭，琉特等人甚至發出殺氣。弗拉德一邊承受批判視線，一邊發出嗤笑。

我只是從自己「所聞」之事做出「回答」罷了——如此說道後，他堂堂正正地繼續說道：

『如果是我，肯定會選這裡呢！就算是作業流程，做得開心仍是再好不過之事！』

（這可不是「意想不到的見解」這種等級的話語……不過，我自己也說過「作業流程」就是了。）

櫂人再次啜飲花汁，一邊如此反省。

有時候應該避免率直地說出想法才對吧。

雖然略微出現磨擦，他們最後仍是採用了弗拉德的預測，來到鹿族棲息的村子待機。

雖然對隸屬於國家的武人與異種族來訪而大吃一驚，鹿頭獸人們仍然表示歡迎。即使內心困惑，他們還是打算款待眾人。然而，櫂人等人卻拒絕了這份好意，並且做出今晚不論發生何事都不要外出，以及指定信號出現就要逃跑的指示。

接著商量完路線與流程後，眾人在入口附近紮營。

不躲起來行嗎——權人最初對此感到擔心。然而據弗拉德所云，並沒有必要這樣做。

『敵人明顯是大意了。要說是為什麼嘛，因為就算遇上巡邏隊，裡面也全是殺光就行的小嘍囉嘛！不過，這次只能說是餌食的人們卻帶著【皇帝】的契約者。敵人不知道這件事。既然如此，不論吾等在不在場，對方都會一如往常地行動吧。堂堂正正地出面迎接吧！這種風範才適合蹂躪者啊！』

確實，弗拉德有派上用場。然而，他對獸人的無禮言詞卻超過了限度。

現在他再次被塞進寶珠裡面。打從剛才開始寶珠就不開心地蠢動著，權人漂亮地將其無視。

（如果這傢伙猜中就好……不然的話，又會出現犧牲者。）

權人一邊如此擔憂，一邊窺視琉特的側臉。金眸裡布滿足以令人屏息的緊張感。琉特採用了弗拉德跟權人的提案。然而，這是想不到其他有效策略所以才妥協的結果吧。權人也有這樣察覺到。

找來權人的人是琉特。然而，他絕對沒有信賴權人等人。他們答應會款待，然而狀況並沒有穩定到可以囫圇吞棗相信這番說詞的地步。

（既然預定要將我視為客將延攬，提出邀約一事就應該與貴族階級的意願有關才對。雖然不曉得獸人是不是上下一心……但至少有某人的層級足干預國政。）

對方的名字至今仍然不得而知。不只如此，權人甚至沒被帶領到他們的大本營。除了虐殺的損害以外，權人沒被告知更進一步的細節。然而，他卻在危險的現場被交付了行動部隊。

恐怕——正如「伸出援手」的請求一樣——權人無法實際派上用場的話，琉特他們就不會公開獸人那一方的情報吧。

就某種意義而論，權人現在可說是處於好心卻被利用的狀態。然而，就算如此理解，權人也並沒有感到厭惡。

（反正現在我的立場也只能四處逃竄。與其一邊思考逃去哪裡一邊做出多餘的行動，為了某人而做事要好多了。）

被捲入陰謀、被扔進國際情勢的漩渦裡權人可是敬謝不敏。與此相比，為實現捉住虐殺犯的請求而露宿野外只是小事一樁。

而且，琉特等人的焦燥感是貨真價實之物。他們打從心底渴望解決這個事態。大量獸人們被殘虐地殺害也是事實。

既然如此，就沒有理由對出借力量一事感到遲疑。

（不過，我在意的是——）

為何應該已經殺光的惡魔正在行動呢，是新的惡魔契約者出現了嗎？

（————即使如此。）

此時權人搖了搖頭。他停止了思考。就算沒完沒了地提出各種可能，畢竟也就只是這樣罷了。與惡魔有關的事件，會輕易超越人類的預測。

現在應該把精神集中在眼前的危機。

如此切換心情後，櫂人喝乾花汁。杯子空了。小雛見到後眼睛頓時一亮。她用小狗尾巴猛搖般的氣勢舉起手。

「櫂人大人，櫂人大人，令人憐惜的您的小雛煮好的花汁在這邊，再替您倒一杯吧！」

「嗯，可以麻煩我的妳嗎？」

「當然！我會傾注愛情替您倒喲！」

小雛笑咪咪地從櫂人那邊接過杯子。看到兩人的互動後，琉特露出楞住的表情。不久後，他「唔唔」地發出沉吟聲。

「還真是熱情呢……兩位的關係該不會不是主從，而是戀人吧？」

「不，是夫妻。」

「呀————————————心兒噗通跳要死掉了！」

櫂人毫不迷惘地回答後，小雛變得滿臉通紅。她將手放上雙頰扭動身軀，琉特更加吃驚了。

「哦、哦……這麼一說，方才小雛大人曾說自己是『新娘』呢。原來如此，櫂人大人的妻子是機械人偶小雛大人啊。」

「很奇怪嗎？」

櫂人如此詢問。琉特對櫂人與弗拉德的言行舉止感到強烈不滿與嫌惡。尊崇自然的獸人不見得不會對機械人偶感到反感，因此無法期望會有善意的回應吧。櫂人如此心想死了這條心。然而意外的是，琉特卻激烈地搖頭。

「不，絕無此事！」

這種亢奮語調令櫂人微微吃驚。

琉特看起來沒有說謊的樣子。不知為何忸怩了一會兒後，他清清喉嚨。

「咳咳，其實啊……我的妻子是比我年輕十歲的山羊族。她是愛著風與大地，心地美麗又很棒的女孩。不過誠如兩位所見……我是狼族對吧？雖然好不容易結了婚，但在那之前一直受到周遭之人的大力反對。幸好吾主是有同理心之人，部下們也跟妻子很親近。不過，就算到了現在還是很常有人在背後說閒話。」

「居然有這種事！居然在相愛的兩人中間作梗，小雛好生氣！」

「感謝。您真是溫柔呢……就這點來說，兩位在外表上也沒有什麼大差異，更重要的是看起來深愛著彼此。鄙人琉特打從心底覺得兩位很登對喔！」

如此說道後，他敲了敲自己的胸膛。櫂人不由自主放緩表情。

小雛的臉變得更紅了，她無意義地轉著指尖。

「什麼登對，哪有這回事……的確，我跟櫂人大人是天生一對，也是誕生於世時就註定好的命運，不過您這麼一說我好害羞喲，呀呀——」

「嗯，你能這樣說我很開心喔……像你這種有著強烈思念的人當丈夫，妻子也會相當幸福吧。」

櫂人開心的表情與小雛的羞赧似乎傳了開來，琉特搔搔頭說「哎呀沒這回事」。部下們也愉快地看著這邊。察覺到這件事後，琉特連忙拉大嗓門。

「喂，你們在偷聽啥啊！」

「太好了呢，隊長！可以聊到妻子！」

「真是的，部隊裡這群人都聽膩了說！」

「囉嗦！咳……哎呀，居然同樣都是疼老婆之人，在意想不到的地方湧出親切感了。」

「嗯，我也有同感。」

櫂人點點頭。琉特瞇起金眸，他穩重地喃道：

「吾等獸人本來就不喜歡說謊。說實話，我曾認為櫂人大人是一位擁有冷酷心腸的人。不過，內心果然仍是有情之人呢。」

有著意外性的話語讓櫂人再次眨了眨眼。

輕輕搖動紅毛尾巴後，琉特緩緩接著說道：

「招攬您之際，我刻意沒有提出幫忙的好處，甚至沒告知身為客將的待遇。然而，您還是與吾等同行了……其實，按照預定交涉是會拖長的。」

「是嗎？該不會……我沒能把握機會問出情報吧？」

「那麼一來，吾等會打出數張王牌吧。不過，應該會避免像這樣與您圍著營火才對。既然邀請了『惡魔』的契約者，就該慎重地評估對方的人格……我是這樣想的，不過從『伯爵戰』中得到的印象似乎無誤。」

琉特微微一笑，櫂人用力點頭回應。

果然，琉特等人並未提出獸人那一方的情報。即使如此，櫂人沒有表現頑固態度的做法似乎也有所得。他們的信任度似乎比櫂人預料的高。

對櫂人而言，這個事實純粹地令人感到欣喜。

琉特有如要掩飾害羞似的傾斜杯子。將冷掉的花汁一仰而盡後，他發出聲音。

「對了，夫人。也可以替我再倒一杯嗎？」

「呀——居然叫我夫人，居然叫我夫人，要再倒幾杯都行！」

「不不不，小雛。我們正在埋伏，可是嚴禁喝太多的喔——嗯？」

櫂人在這邊停止話語。

視線邊緣有某物在發光。定睛一看，某物在林木縫隙間銳利地反射月光。然而在夜晚的森林裡，不應該會有這種白然物才對。

現場寂靜無聲，一瞬間前的熱鬧氣氛就像在說謊似的。

小雛、琉特陸續起身。櫂人也雙足用力。

就在此時，他看見了「那個東西」。

「——這啥啊？」

那東西即非人類，也不是野獸。

不只如此，看起來甚至不是活物。

＊＊＊

要陳述第一印象的話，它是銀色的蜘蛛。

用更正確的方式形容的話，就是「結構複雜的破銅爛鐵」吧。

櫂人瞇起雙目。出現在黑暗中的它，是由無數金屬片組合打造而成的。雖然有八隻腿，基本造形卻近似蟲子或甲殼類。然而，構成它全身的金屬片卻一邊發出光輝，一邊不停地蠕動著。外觀持續進行細微變化，與任何生物都相去甚遠。

櫂人不由得搜索記憶，尋求與它類似的存在。

遙遠昔日的回憶忽然在他腦中甦醒。小學級任老師——恐怕興趣是到處參觀美術館——在空堂時手持照片熱心地談論的內容被播放了出來。

（——前衛藝術。）

由無機物組合而成，揶揄生物的藝術品。

眼前的物體最像那個。然而，那種東西應該不會出現在異世界——而且還是獸人的村莊才對。恐怕它是由某人製造，近似於隨從兵的某種東西吧。

櫂人謹慎地如此思考，一邊浮現不自然的感覺。

（至今為止的隨從兵都是異樣尺寸的動物，或是有著酷惡的異形姿態。）

所謂的隨從兵，說到底就是活人完全變貌後的存在。因此不論變得多醜，大部分的人身上都會殘留一些生物特徵。然而，眼前此物卻過於偏離了變化的原則。

它實在是太過無機質了。既然如此，就是使魔之類的東西——要這樣思考的話，它纏在身上的壓迫感卻又太強大。

（這個到底是什麼？）

櫂人如此感到煩惱。

就在此時，那東西——不是前衛藝術的話，就最接近機械吧——動了起來。

瞬間，機械奇妙地變模糊。構成全身的銀色金屬片嗡的一聲振動了。它迅速張開八隻腿，簡直像是接受到某種指令似的。

巨大銀百合趴到草地上得光景展開在眼前。

下個瞬間，機械消失的無影無蹤。

「————咦？」

櫂人跟丟了敵影。同時，他的手臂動了。獸化的左臂幾乎自動地追蹤銀色軌跡，櫂人用銳利爪子擋住飛來的機械。

宛如兩把利刃互擊，在空中爆散出火花。

認知狀況後，櫂人察覺到自己手腕上的麻痺感。

————好沉重的一擊。

櫂人從丹田大聲發出聲音。

「唔、哦、喝！」

他使勁全力揮落被腿承受住的手臂。

機械即將猛然撞上地面。在那之前，它發出喀噠聲響重新組裝全身。筆直的腿產生關節，機械柔軟地彎曲，順利抵消衝擊著地。

嘰————————————啾————————————！

它發出像是鳴叫聲的高分貝聲音。

小雛連忙衝向這邊，櫂人向她問道：

「——小雛，妳知道這是什麼東西嗎？」

「非常抱歉，就算在我的自動記錄裝置（recorder）中也沒有類似存在的資訊。不是機械人偶的同類，跟教會的聯絡裝置也不是同一種的話，這究竟是……」

『哦，還以為是什麼！真意外呢！』

意料之外的地方傳來低沉聲音，櫂人驚訝地瞪大眼睛。「皇帝」表示反應的情況很罕見。至高獵犬隱藏著身影，愉快地發出嗤笑。

『這可不是【機械神（Deus ex machina）】嗎？居然會在這種地方看到！』

「——你說什麼？」

那道異樣聲響讓櫂人皺起眉心，然而他卻無暇發問。

尖銳聲音再次響起。

嘰————啾————！

機械筆直地站起。它絲毫沒搖晃胴體，開始高速迴轉八隻腿。機械一邊噴散泥土，一邊有如鑽頭似的潛進地面。

一轉間它就從地面消失了。

「……潛入土中了。」

「——櫂人大人，請勿離開我的守備範圍。」

一行人用警戒目光掃視四周。短暫的沉默落至現場，林木的葉片微微發出聲響。

在下個瞬間，大地爆開。八隻腿有如槍穗般靠攏，機械飛身而出。

它用有如從彈射台發射般的速度逼向琉特。

「隊長！」

「喔！」

就算沒出言提醒，他似乎也有察覺自己被襲擊的可能性。泰然自若地回應部下的呼喚後，琉特壓低重心。他用防備衝擊的姿勢舉劍，接著發出吼聲。

「用那些腿肢解吾國人民之罪！在此償還吧！」

琉特發出高昂喝聲，同時揮落長劍。是判斷劍刃砍不下去之故吧，活用劍腹的一擊與其說是「斬擊」，不如說是為了「毆打」的招式。

喀鏘一聲，堅硬聲音響起。他的一擊準確地捕捉到機械。然而看到那副光景後，櫂人感到愕然。雖然承受強烈擊打，機械卻恍若無事般浮在半空中。

那東西在八隻腿上增加更多關節，纏上了琉特的劍。

「唔！」

「琉特！」

櫂人準備彈響手指。

強韌一擊搶先一步在機械胴體上炸裂。

「────喝！」

小雛翻飛女傭服裙襬，釋出上段踢。

從她的腳底與機械的接觸面那邊，嘰哩一聲發出金屬壓輾聲。

雖然擋住了一瞬間，機械仍是以猛烈勁道連同長劍一同被轟飛。它發出聲響撞上樹木。一邊發出壓輾聲一邊傾斜後，樹幹折斷了。樹木發出轟音與煙塵倒至地面。

小雛搖曳銀髮，輕輕放下腳。擴散的裙襬輕飄飄地恢復原狀。

「請振作！您的妻子會悲傷的吧！」

「真是無地自容！這份恩情我必定會回報！」

回應小雛的叱責後，琉特打算重新舉劍。然而，它已經跟機械一起被轟飛了。他軟軟地垂下耳朵。然而有如鈴鼓般搖搖頭後，琉特重新豎直耳朵。取回威嚴後，他用銳利語氣對部下叫道：

「將備用劍給我！」

「在這邊！」

一人從行李中扔出新劍。接下後，琉特點點頭拔劍出鞘。

機械再次起身。它有如感到迷惘般開始組合金屬片。

嘰————————————啾————————————！

（要以打擊方式破壞它相當費時……而且連有沒有可能都不得而知。）

如此做出結論後，櫂人拭去額頭滲出的汗水。如今在這裡持續當它的對手還勉強過得去，不過萬一它潛入地面到村子那邊的話，就會發生慘案了吧。

為了速戰速決，究竟該採用何種方式呢？

權人在腦袋裡找尋有效手段。就在此時，他忽然想到某個存在。

（這麼一說，除了前衛藝術外，我記得自己也見過類似的東西。）

那是在短暫的上學時期中，同學打電動時出現在遊戲裡的頭目角色。那名同學使用各式各樣的武器，將無數平板構成的對手拆得支離破碎。

頭目是強敵。然而，一片片板子各自擁有的力量並不大。

權人緩緩開口。

「……………『皇帝』。」

『……………』

「——————『皇帝』！」

『幹嘛啦，吵死了。區區不肖之主，別隨隨便便地一直呼喚吾喔。』

「我要阻止那東西，助我一臂之力。」

權人如此訴說，「皇帝」感到煩燥地從鼻子發出冷哼。他用極像是人類的聲音嗤笑。

『哈，你在說什麼啊。那東西不是與惡魔有關的事物喔。就算破壞它好了，也無法彰顯吾之力。明明是這樣，為何吾得特意出借這副獠牙才行呢？』

「——————不是與惡魔有關的事物？」

這是既是始料未及，也是帶有衝擊性的話語。

也就是說，眼前這個存在不是隨從兵也並非使魔。然而，它不是人類也不是野獸或精靈。

既然如此，究竟是什麼呢？

（————機械神（Deus ex machina）？）

「皇帝」如此稱呼它。

不能讓這具機械一直是謎樣的存在，有必要確認其真面目。櫂人本能性地如此確信，但他還是暫時將疑問吞入腹中。

（現在，應該集中精神打倒眼前的敵人。）

為了達到這個目的，櫂人提出另一個問題。

「回答我。那東西雖然強大，但個別的金屬片卻沒擁有那種程度的力量……沒錯吧？」

『…………哎，就是這樣吧。吾雖然連一片片的魔力量都能看見，但它是化為群體後才能發揮力量的玩意兒喔。可是，不管是毆打或是斬擊，要讓金屬片彼此分開都不是易事。吾也不願吃那麼硬的東西，你打算怎麼做？』

「我還不能說是擅長魔術。不過，有個能確實命中又有效的方法。」

櫂人如此斷言。在數秒之間，「皇帝」陷入沉默。不久後，他「啊啊」地點了頭。

或許是察覺到方法了，「皇帝」緩緩發出饒有興趣的聲音。

『原來如此，還是一樣不曉得是狂人還是笨蛋的想法。那麼，你要吾怎麼做？』

「我只有一個要求，準確地搬運我。」

『唔────────────────────哎，好吧。』

「皇帝」點頭同意。就長考而論，他的口氣還挺無所謂的。

而機械在這段期間也決定了新的組合方式。像是蜘蛛的身體背面漸漸完成細微變化。在一轉眼間，兩對看起來像是飛機翅膀的羽翼完成了。

看樣子櫂人的預感似乎料中了。

越是演變成長期戰，它就越會擴展攻擊範圍吧。

那東西讓一枚枚金屬片振動舞向高空，為了投擲槍斧（Halberd），小雛擺出了架勢。櫂人單手制止了她。小雛用不可思議的表情解開架勢。

「那個，櫂人大人，為何──」

在她正要發問之際，「皇帝」在櫂人身邊實體化了。這隻獵犬會隨心情改變外貌，如今他選擇了比成年男性大上兩倍左右的尺寸。

「皇帝」屈下臉龐，懶洋洋地低喃。

『只是銜著扔出去這種程度的事，吾就替你做吧。』

下個瞬間，他咬住櫂人的衣領拋飛至空中。

機械無聲無息地從高處降下，櫂人剛好變成飛到它前方的狀態。

他翻飛狀似軍服的衣裳，堵住機械的行進方向。對機械來說，這似乎也是意料之外的行動。它沒有迎擊。不過，櫂人卻自然而然地被類似觸角的部位刺穿。

機械手臂滑順無比地貫穿肌肉與骨頭。

「————櫂人大人！」

「居然！」

小雛大叫，琉特瞠目結舌。然而在一瞬間之後，小雛微微地撫胸鬆了一口氣。

櫂人向她點點頭。契約者死掉的話「皇帝」也會感到困擾吧。他的投擲真的很精準。被貫穿的是右肩，如此一來就不會有性命之虞。

（扔得好，「皇帝」！）

櫂人接著重新面向機械。他用野獸左臂抓住機械的觸角。櫂人故意擴大傷口，一邊將它連同一部分的血肉拔除。

鮮血豪邁地噴出，機械全身淋滿含有大量魔力的紅色。

大量血液流進金屬片與金屬片之間。

確認這件事後，櫂人將手移開觸角。他一邊墜落，一邊彈響手指。

「————溢出吧。」

瞬間，血液變成水。那些水把櫂人的魔力與痛苦當成餌食不斷增加。

水從金屬片內側推開縫隙。輸給來自內部的壓力，金屬片之間的連繫崩壞了一瞬間。沒有放過這個機會，水凍結了。

圓形的冰塊完成。金屬片以一枚枚四分五裂的狀態被封入冰中。冰塊發出砰咚聲響，滾落至草原上。看起來好像沒有進一步的動作。

果然，個別的金屬片似乎無力破除櫂人的冰塊脫離而出。

「好！」

櫂人用力點頭。除了自己以外無人受傷，如同料想一般，只付出最小限度的犧牲就了事。然而小雛會生氣吧。為了向她道歉，他回過頭。

瞬間跳進櫂人眼中的，是琉特用狀似猛牛之勢衝過來的身影。

「——————喝啊啊啊啊啊啊啊啊啊啊啊啊啊！」

「這我沒料到。」

而且他甚至還釋出謎樣的怒喝聲，櫂人大吃一驚。

琉特一邊全身毛皮倒豎，一邊抓住櫂人的手臂，就這樣確認傷口的狀態。見到流血量後，他一邊噴出口水一邊向部下們發出指示。

「拿治療用的魔術藥跟繃帶！快點！」

「沒、沒事啦，不用擔心。因為我也算是會使用治療魔術。」

「就算這樣好了，您在夫人面前做了什麼啊！身為愛妻之人，不覺得不應該讓妻子操這種心嗎！」

琉特如此叫道。啊，是這麼一回事呀——櫂人點點頭。然而，他憤怒的理由似乎不只如此。有如要表現焦躁感似的，琉特粗暴地用力搔抓自己的頭。

「啊啊，可惡，我真是不中用！您居然像這樣挺身而出！這份恩情我該如何回報才好呢，可惡！」

琉特似乎真心感到懊悔，而且感受到自己的可悲。該對他怎麼說才好呢？櫂人感到迷惘。就算說用不著在意這種事，恐怕也只會適得其反吧。

總之，櫂人再次拒絕了琉特部下拿來的——在魔術師不多的獸人之間，應該算是貴重物品——魔術藥。他對自己的肩膀施放治癒魔術。

傷口順利癒合。然而，確認皮膚狀況後，琉特做出一個提議。

「我們轉移至大本營吧。為了小心起見，我認為應該讓專門治療的術師看一下。」

「雖然感恩……不過帶我過去沒關係嗎？」

「您居然覺得我冷血到這種地步，真是讓人意想不到！聽好嘍，櫂人大人！吾等本來就是遠比人類更加尊崇恩義的種族喔。」

琉特一臉憤慨地喊出對人類而言有些失禮的話語。

他的部下們連忙在草地上畫起移動陣。從迅速的反應判斷，他們之中似乎也沒有人反對。看樣子櫂人的行動似乎帶來了意想不到的效果。

（這下子……可以認為我受到信賴了嗎？）

就在他如此心想楞在原地之際，空閒的數人接近冰塊。

那個機械不見得只有一具，因此沒理由不搬運敵人的貴重資料吧。然而，其中一名體格不錯的灰色狼卻離開冰塊，像是要找同伴商量某事似的。

走近櫂人後，他擔心地發出聲音。

「就算傷口堵上了，還是會痛吧？我來扶您一把如何？」

「不，我可以自己走，哇！」

「您的體貼我不甚惶恐，不過沒關係的。櫂人大人由我來搬。」

「小、小雛？」

回過神時，櫂人已經被小雛橫抱在懷中。他在纖細臂彎裡大吃一驚。

浮現心神領會的微笑後，灰色狼向她微微行禮。有如在說夫妻吵嘴時不要靠近，他迅速離開兩人身邊。

櫂人怯生生地望向小雛的側臉，她美麗的唇瓣緊緊抿成一條線。

不久後，小雛沒望向櫂人，就這樣輕聲低喃。

「現在小雛什麼都不會說的——不過，櫂人大人，之後小雛可是會全力地發火喔。」

「抱、抱、抱歉，是我錯了。」

櫂人不由得縮起身子，他的耳膜深處響起像是人類的嗤笑聲。

『哎呀，每次吾都這樣想啊。就人類雄性來說，你真的是很可悲的那一類呢。』

再怎麼講這也太——櫂人打算反駁。然而他正要張嘴的瞬間，小雛就衝向畫完移動陣的部下們的身邊。櫂人差點咬到舌頭，所以保持了沉默。

一邊被自己的新娘用衝刺的速度搬運，他一邊斜眼眺望冰塊。

櫂人忽然發現一件事。

「機械神（Deus ex machina）」。

被如此稱呼的存在，在這世界也有近似之物。

「優秀的處刑人（The Boondock Saints）。」

只有「拷問姬」造得出來、單單由利刃構成的巨人。

（——那東西跟它很像。）

然而這有何種意義，櫂人不得而知。

3 一時的休息

fremdtorturchen

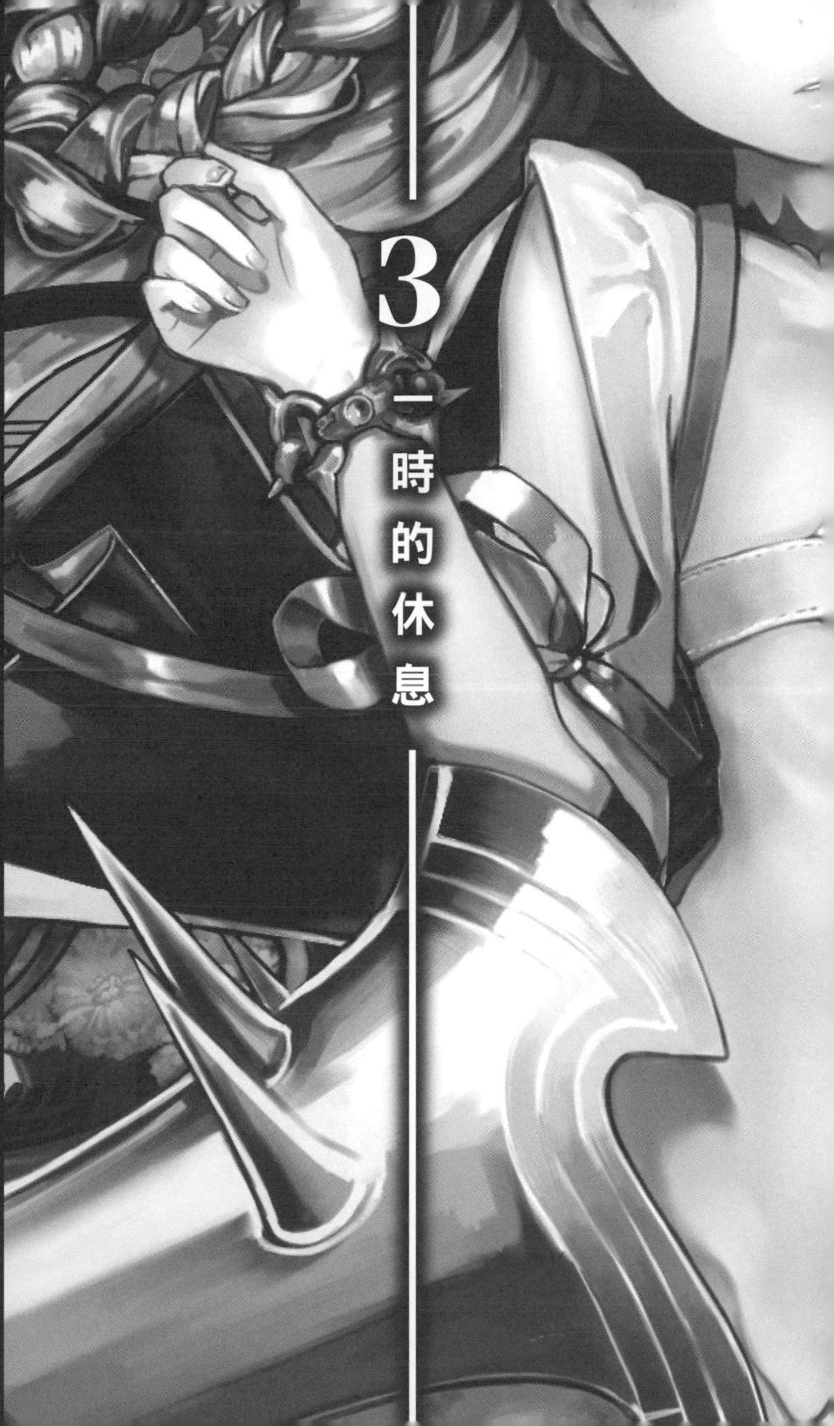

3 ✦ 一時的休息

場景再次回到伊莉莎白那座用岩石蓋起的城堡。

將烏黑秀髮散在床上，「拷問姬」正睡著覺。

畢竟她現在沒有能做的事，也沒有應該要做的事。

討伐對象「皇帝」的契約者，目前在不能隨便出手的異種族領域裡。自從掌握到那個事實後，她就一直過著怠惰的日子。然而就算躺在床上，伊莉莎白果然還是沒有在睡覺。

令人窒息的沉默反而刺耳，她無法得到安息。

就在伊莉莎白這樣做時，過去發生的事自然而然閃過她的腦海。

過去，伊莉莎白．雷．法紐曾處於所有漫罵聲、或是沉默之中。

在被穿上束縛裝示眾的廣場上，她一身承受量大到駭人的憎惡。在連坐著都沒辦法的狹窄地牢裡，她則是在有可能會引發精神異常的寂靜中渡過。

被教會賜予這座城堡後，「拷問姬」也沒有談話的對象。

直到那一天，為了將所有雜事推給別人處理，將「無罪之魂」作為隨從召喚出來的那一刻為止。

「誰想得到居然能從異世界那邊釣到魂魄呢。」

伊莉莎白撂下這句話。這正是天文學機率般的偶然，或是奇跡造就的結果。然而就她所見，如今此事的成立並不能說是一樁喜事。

畢竟，瀨名櫂人是一個離譜至極的愚者。

他既笨又蠢，是個愛撒嬌的濫好人，以及罕見的頑固之人。為了不應該守護的人，櫂人與惡魔締結契約，忍受了可說是淒絕的痛苦。

讓伊莉莎白表示意見的話，這是世界第一愚昧的舉止。

『幫助我的人，只有妳。』

櫂人曾如此說過。對召喚不想活的靈魂，強行將對方捲入惡魔驅逐行動，扭曲其命運的人如此感激。

『從地獄中救出我的人，就只有妳「拷問姬」伊莉莎白・雷・法紐而已。』

（──────你實在是太悲哀了。）

伊莉莎白如今再次這樣想。

瀨名權人簡直是一隻耿直的狗。就算從得不到飼料、被傷害、只能一直發抖的地方撿回來，仍是不在乎待遇地深信對方是恩人。

在第二次的人生中，確實是有著幸福的一面吧。他在這裡得以與小雛相遇。然而，在餓肚子時有人向自己扔沾滿沙子的麵包，就稱呼對方為救星實在荒謬。

瀨名權人因為自身的不幸，而從不該看出價值的對象身上找到對方的價值。

這不叫悲哀的話，除此之外還能叫做什麼呢？

而且他居然帶「拷問姬」去約會。

還說就算世間萬物都朝她丟石頭，自己也覺得她比世上任何一人都還要尊貴。

「笨蛋……無可救藥的蠢人……世界第一的呆子。」

『我最喜歡那個人了。』

『只要是為了那個人，我什麼都當得了，什麼事都做得到。』

就這樣，瀨名權人甚至選擇走上成為世界公敵的道路。

用就某種意義而論，像是幼小孩童憧憬勇者般的無邪心態。

連魔術都不知道，只是普通人類的少年——就因為這種無聊的理由。

伊莉莎白用力咬緊牙根，她簡直像是孩子似的將身軀縮成一團。

壓倒性的寂靜不斷朝周圍擴散，冰冷的寢室簡直像是棺材裡面。這裡沒有任何東西在動，也不會有變化。然而，那兒卻以某個時刻為分界產生了變化。

總覺得，好像開始傳出好聞的氣味。

應該說，煙霧很嗆鼻。

耳中甚至傳來某物啪嚓啪嚓的爆響聲。

「………………………………………………………………………喂，給余等一下。」

伊莉莎白猛然彈起身軀。

在她面前，火焰正熊熊燃燒。

「這不是火災了嗎！」

「哎呀呀，您醒了嗎！這不是火災喲，是很棒的營火呢！」

坐在火焰前方的某人回過頭。他從頭到尾蓋著破爛黑布，就這樣啪噠啪噠地揮著羽毛製的扇子。營火上方組了三角架，巨大肉塊被吊在那兒。

烤成焦黃色的表面不斷滴下脂肪。

「你在搞啥啊！喂，『肉販』！」

「在別人的城堡裡把肉烤成金黃色喔！」

「想不到你居然有所自覺，知道這是別人的城堡。」

伊莉莎白不由得眼皮半閉感到無言。

自從「候爵」弄壞百葉窗後，寢室的窗戶就一直開著。煙霧順利地飄向外面。然而，如果換氣失敗的話，就會發展成伊莉莎白殺人事件吧。究竟是明不明白這一點呢？「肉販」爽朗地哈哈大笑。

「哎呀，王都發生的騷動也傳到我這個『肉販』耳中喔！我心想這下可大事不妙，所以處理完那件事還有這件事跟那些事後就火速趕來了！」

「動作亂慢一把的嘛。」

「反正在那件事後，伊莉莎白大人就沒有好好用過餐了吧？」

「肉販」語調不變地接著說道，伊莉莎白的肩膀倏地一震。

正如「肉販」所言。本來她胃口就很好，而且還是美食家。然而自從權人與小雛離去，她就只吃最低限度所需的食物。

「肉販」不在乎沒得到回應，逕自轉動巨大的肉塊。他調整位置，嗯嗯幾聲點頭，接著從奇妙的高度帥氣地灑下鹽。

「啦啦啦啦～我的肉是上等肉～愛與勇氣還有美味～只要吃下肚就會勇氣百萬倍～肉販隨時都在您身邊～啦啦啦啦～」

「喂，『肉販』你這傢伙，別唱歌，很刺耳啊。」

「怎麼會，居然對這黃鶯出谷般惹人憐愛的聲音說這種話！」

「那股自信是打哪裡來的，真是的……那麼，你為何像這樣非法侵入呢。」

「以前我有對愚鈍的隨從大人還有美麗的女傭大人說過，我最喜歡伊莉莎白大人那句『好吃！』呢……讓顧客餓肚子，可是有損商人的名譽。」

「肉販」用徹頭徹尾的平靜語調如此說道，伊莉莎白無言地眺望他的背影。

她忽然想起某天的光景。

櫂人在王都酒吧裡，將裝有米粥的容器遞向伊莉莎白。他刻意將那東西帶了過來。「我想妳肚子也餓了吧」——櫂人以「拷問姬」為對象如此說道。

伊莉莎白喃喃詢問「肉販」。

「……只是這樣嗎？」

「就只是這樣。」

「肉販」堂堂正正地點頭，伊莉莎白不由自主地沉默了。火焰爆開，發出眩目光芒。

「肉販」一邊眺望漸漸烤好的肉塊，一邊接著說道：

「不管什麼時候，都必須得用膳才行。這就是所謂的『活著』。將為了活下去的糧食送達，就是商人的職責……而且，肉很好喔。就算孤伶伶時，只要吃下去就會不斷湧出活力。」

「誰孤伶伶的啊。」

「不不不，這是我的經驗之談……我獨處的時間意外地長呢。」

「肉販」搖頭如此說道，一邊將鐵串刺進肉塊。將鐵串拔出，透明肉汁從中溢出。是對烤的火候感到滿意嗎？「肉販」放下肉塊。

抓住骨頭的部分，他「登登～」地拿著肉擺出架勢。

「完成嘍！」

「唔。」

「居然是山怪的燒烤右臂喲，嚇一跳吧！」

「你呀，這不是讓人大失所望嗎？」

「來來，別客氣，大口吃。」

「肉販」將肉塊遞出，沒因為伊莉莎白的吐槽而氣餒。她盤坐在床舖上，就這樣接了過來。肉汁啪噠啪噠地滴在床單上。

「……唔嗯……唔唔。」

伊莉莎白目不轉睛地眺望肉塊。定睛一看，那東西正是山怪手臂的形狀。就算說得再好聽，也不是會令人食指大動的外觀。然而表面烤得金黃焦脆，而且也散發出還算是好聞的香氣。

更重要的是，「肉販」雀躍地在眼前等待著。

伊莉莎白不由得左右張望。然而，令人遺憾又氣惱的是，除了自己以外這裡沒有其他人可以負責吐槽。只有刺在牆上地圖的無數小刀空虛地散發光芒。

做好覺悟後，伊莉莎白「啊——」地張大嘴巴。

她意外地大口咬上肉塊。

「好難吃！」

「您說什麼！」

伊莉莎白立刻如此斷言，「肉販」有如抗議般蹦蹦跳。

在他前方，伊莉莎白將眉頭緊鎖至極限，不悅地陳述感想。

「皮烤得金黃酥脆又香氣撲鼻，口感也野味十足，雖然很硬，卻也不壞！不過，重要的味道卻很奇異！跟雞豬牛羊還有山羊都不一樣！這種黏呼呼又混濁的奇妙風味是怎樣啊！只能說是『山怪味』喔！」

「唔，所謂的『山怪味』還真是直白呢。」

「用顏色來表現就是綠色！」

雖然如此抓狂，伊莉莎白仍是沒有停止進食。食物漸漸進入空蕩的胃中。這種感覺很舒服，雖然口中抱怨，她仍是大口大口地吃著肉。

「為、什、麼，余、要吃、這麼、難吃的、東西、呢！」

山怪肉的味道果然是奇異不可思議到極點的味道。

伊莉莎白一邊吃著，一邊在腦海中描繪過去的餐桌。

小雛做的料理不論是哪一道都美味到極點。櫂人的料理雖然難吃，但布丁卻是絕品。然而，如今伊莉莎白獨自啃著山怪的右臂。

（……這究竟是什麼狀況？）

一邊咬皮，一邊撕裂肉，一邊咬碎肌腱。

伊莉莎白漸漸感到無比火大。

（什麼敵人同伴、是殺是救都無所謂！這是更根本的問題！）

瀨名櫂人選擇成為世界公敵。他說這是為了伊莉莎白，因此帶著小雛擅自離去，然後開始走上被人們丟石頭、受到詛咒的道路。

究竟是有哪裡的哪個人希望他做出這種選擇呢？

冷靜想想，她想對兩人說的話堆得跟山一樣高。

堆積在胸口裡的怨言與怒言也多到駭人的地步。

更重要的是，伊莉莎白特別想狠狠揍倒櫂人的臉龐，不這樣做她就無法甘心。

想對他說「還不適可而止，你這個笨蛋」。

（沒錯——一切都要在那之後才開始喔。）

伊莉莎白．雷．法紐受教會之命，要誅殺瀨名櫂人。

她有她的信念，然而櫂人也不會放棄吧。無論怎麼掙扎，兩人最終也只剩下戰鬥一途。世界公敵非殺不可。然而委身於悲痛命運之前，伊莉莎白想要先踹飛櫂人。

現在不是因為他離開人類領域而感到安心，也不是睡覺的時候。

得對世界第一大笨蛋的隨從做出必要之舉才行。

就在此時，伊莉莎白咕嚕一聲吞下最後一塊肉。

「喝呀啊啊啊！」

她用完美姿勢高高揮起吃剩的大根骨頭，轟的一聲扔出。骨頭一邊轉著圈，一邊飛向窗外。

骨頭發出光芒消失了。

伊莉莎白露出怒容握緊拳頭，大聲叫道：

「可惡！為何余得吃這麼難吃的東西才行！而且為什麼余得煩惱這麼多事！絕不原諒，

「發現櫂人那傢伙，余就要宰了他！」

「唔，覺得隨從大人死亡的機率提高了……」

「肉販」雙臂環胸如此說道。在他前方，伊莉莎白一邊感到憤慨一邊燃起殺意。有如在說能恢復精神是再好不過之事似的，「肉販」從袋裡拉出新的肉。

「居然是龍尾巴喲，嚇一跳吧！」

「又來了，又來了嗎？你啊。」

就這樣，伊莉白的城堡被許久不見的喧鬧聲包圍。

＊＊＊

「……山怪味是怎樣啊！」

「啊，櫂人大人您醒了！還有，您究竟是怎麼了呢？」

「啊、咦……抱歉。小雛，看樣子我似乎是作了怪夢。」

如此說道後，櫂人壓住了額頭。他以乎是在不知不覺間睡著了。而且因為消耗了自身魔力之故——或許也有受到伊莉莎白血液的影響——而作了奇怪的夢。說真的所謂的山怪味到底是怎樣啊？他如今再次感到煩惱。

櫂人緩緩撐起上半身。他將作夢的事拋到腦後，朝四周張望。

木造房間裡並排著許多張白色床鋪。無從得知房屋架構，牆上爬著真正的藤蔓。大量桃紅色的小花自天花板垂吊下來。

自然美編織出完美裝飾。

另外，這股花香似乎也具有消毒的效果。甘甜芳香的深處有著令人神清氣爽的刺激感。

櫂人身邊有一張用柔韌樹枝編成的椅子，小雛就坐在上面。她的另一邊站了一名用乾淨布塊掩著嘴邊，戴著手套的山羊頭獸人。

仔細一看，櫂人肩膀上纏著厚厚的繃帶。看似治療師的獸人微微點頭。

「處置前傷口就幾乎已經癒合了，幹得漂亮。不過皮膚有些地方很薄，所以我貼上了促進恢復的藥草。之所以暈過去，是因為魔力低下所導致的暫時性疲勞使然吧。已經不要緊了，您要隨意下床走動也沒關係喲。」

「啊啊，櫂人大人，太好了，真是太好了！」

小雛張開雙臂緊緊抱住櫂人，他困惑地望向治療師。

山羊頭獸人——從角的尺寸與形狀判斷，應該是女性——瞇起雙眼。

「我有告訴夫人說什麼都不用擔心喲。不過她仍是一直哭喪著臉，片刻不離地等待您清醒。開口向她說句話如何呢？」

「抱歉啊，小雛……真的讓妳擔心了。」

權人溫柔地回抱小雛，他不斷輕撫自己新娘的背部。

權人就這樣一邊安撫她，一邊探索記憶。

（呃，我記得自己搭上了琉特他們的移動陣……）

他們就這樣轉移至將帶有顏色的石頭與木材以藝術手法組合在一起的豪奢建築物內。據說這似乎是王族的行宮之一。權人被領至設置在其中一室內的治療院。

按照治療師指示橫躺在床鋪上後，他就失去了意識。

「等一下，這裡是王族的行宮？」

權人猛然瞪大眼睛，看樣子自己似乎是來到了一個不得了的地方。

權人連忙打算下床，然而他甚至無法動彈。

在不知不覺間，權人被小雛的纖細手臂牢牢地固定住背部。

「那、那個……小雛小姐？」

「呵呵呵，權人大人？先前我有說過之後會盡全力發火吧？」

看樣子她似乎真的很生氣，權人臉龐一僵。然而，小雛卻在此時放鬆手臂。暫時放開身軀後，她目不轉睛地望著他的眼睛。

小雛惆悵地訴說。

「以前我也說過不是嗎？心愛的您獨自做出危險之舉……在您的這種決心之前，我是多麼地想要殺掉無力的自己。」

跟過去城堡內發生騷動時一樣，小雛扭曲臉龐。寶石製成的眼眸裡盈滿許多悲傷。那是過度擔心新郎，心被痛苦磨碎的表情。

櫂人猛然一驚，這次自己主動伸出手臂。他緊緊擁住小雛。

（那個做法，在這次是最適解。）

這個想法本身不變。

櫂人不是以前的他。需要小雛幫忙的話，他認為自己會確實地提出要求，但這一回僅僅只是無此必要罷了。然而，櫂人也明白小雛不會接受這件事。

他們是夫妻，許下諾言要成為一家人。

明明是這樣才對，在對方面前受傷是不行的。

「真是抱歉，小雛……嗯？總覺得手臂的力氣變大了。」

「呵呵呵呵，小雛我有所察覺，這下子似乎不說教不行了。不過，那個，治療師小姐？現在跟櫂人大人長談也沒關係嗎？」

「嗯，不要緊的。對於有亂來傾向的患者，家人的說教也是很棒的良藥。用不著在意我，請不用客氣也無需留情地盡情教訓吧。」

「想不到會有這種反應。」

意想不到的地方有伏兵。

小雛將唇瓣靠向櫂人的耳畔，朝他的耳朵溫柔地吹氣。

櫂人身軀一震後，小雛用甘美聲音開始嚴厲地低喃。

「聽好嘍，櫂人大人。說起來在戰鬥中本來就會發生意外。就算在分秒必爭的情況下，也嚴禁您擅自行動。因為就算得到魔力，櫂人大人對攻防的經驗還是很淺。我是您的劍，也是盾牌，因此請您以活用我為第一優先。」

小雛懇切地陳述，其說教內容既有道理又正當至極，而且也像是在洗腦。不久後，就在櫂人只能說出「對不起，下次不敢了」的話語時。

木製門扉開啟，狼頭武人從空隙中探出抽動的鼻尖。

「櫂人大人，據聞您清醒了，身體狀態還……哎呀，失敬了。打擾兩位了嗎？」

「沒打擾！琉特，救我啊！」

「嗯嗯？您居然說這是必須得拔刀相助的狀況？」

櫂人連忙大叫，琉特一頭霧水地進入治療室。

小雛不情不願地離開櫂人身邊。輕咳兩聲清清喉嚨後，她拿起某人放在枕邊的水果。小雛從袖口滑出小刀，開始削皮。

聽完兩人所言，琉特哈哈大笑。

「哈哈哈，哎呀，這就是因為愛啊。您似乎沒有大礙，真是萬幸！而且看起來好像也被夫人處罰了，所以我也不會再對您亂來的舉動說些什麼了。」

「嗯………被好好訓了一頓。」

「這也沒辦法。這位就是我的內人，我受傷時她也很常生氣呢。」

「咦，是你的妻子嗎？」

櫂人不由得發出高八度音的聲音。山羊頭治療師戴著口罩，輕輕搖了幾下手。那個舉止雖然洋溢著淘氣氛圍，臉上卻依舊面無表情。琉特的妻子似乎是一名比想像中還要冷靜沉著好幾倍的女性。

綻放笑容朝她揮揮手回應後，琉特重新面向櫂人。

「咳咳，那麼，櫂人大人沒問題的話，我想帶您過去那位大人身邊。」

「那位大人？」

櫂人茫然地重複。就在此時，他想起這裡是王族行宮之一這個令人難以相信的事實。櫂人反射性地端正姿勢，小雛一邊說「櫂人大人，啊——」一邊將水果送入他嘴邊。他不能拒絕，只好咬下清脆的白色果實。

櫂人在有些恍神的狀態下聽著琉特的話語。

「是薇雅媞·烏拉·荷斯托拉斯特大人。『森之王』第二皇女——也就是吾主。」

＊＊＊

獸人有三隻王。

是所有獸人的祖先——「森之王」、「水之王」、「風之王」——古狼、白鹿、以及大鷹。

世界重整之際，聖女向神祈願，創造出這三隻雌雄同體的存在。他們產下的小孩擁有跟普通野獸一樣的多樣性。他們就像這樣增加獸人的數量，守護賜予他們的大地。

在那之後，他們永生不死。這三隻王的存在，就是聖女信仰沒有在獸人之間廣為流傳的最主要原因。因為傳說中的存在，至今仍然庇護著他們。

不會想跟人類一樣仰望聖女塑像也是再自然不過吧。

如今，三隻王藉由同寢共食——草食種與肉食種的混雜——抑制獸人內部的衝突，將友好關係視為象徵，努力維持和平。三隻王雖為人民奉獻，但還是自權力的寶座退下。

他們自古君臨至今，卻沒進行統治。

三隻王從自身一族裡指名數人為皇族，給予他們權力，讓他們負責國政。

「森之王」第二皇女薇雅媞．烏拉．荷斯托拉斯特也是其中之一。

她擁有的權力不像第三皇太子與第一皇女那樣大。然而她為了維護治安而派遣私兵團，投入私人財產整頓城鎮、防止河川氾濫的形象卻替她博得賢狼的名號。

如今她受到人民熱情支持，而且支持度超越第一皇女。

這種不得了的存在，現在就坐在櫂人他們的面前。

（究竟為什麼事情會變成這樣呢？）

在肅穆光景之前，櫂人不斷動腦筋如此思考。

整座晉見大廳被調光成微暗的模樣。施加優美刺繡的掛布在通往王座的階梯上落下帶有幻想氣息的影子。大花圖案十分奢美，同時也呈現出像是年老巨獸般的厚重感。然而，它背後卻待著充滿危險氣息的存在。

許多士兵手舉武器，櫂人用皮膚感受到他們的緊張感。

（……惡魔的契約者要晉見自己的主人，當然會是這樣嘍。）

在緊密戒備的情勢下，薇雅媞乍看之下毫無防備地坐在王座上，臉上掛著微笑。

她是純白色的狼，在內側是可愛桃紅色的三角耳朵之間戴著草冠。薇雅媞將手臂擱在開著漂亮鮮花的扶手上，布料緩緩疊合纏在身上，而且這邊的布料果然也施加了精緻的刺繡。

在跪在地上的櫂人前方，她發出穩重的聲音。

「初次見面，瀨名・櫂人大人。從異世界召喚而來的人。感謝閣下此次相助。」

「是、是的……不客氣。在下感到、光榮至極？」

「無需如此拘謹。吾等並沒有將自身禮儀強加於異種族——而且還是來自異世界之人身上的打算。請您放輕鬆。」

薇雅媞溫柔地低喃。就算妳這樣說我也——權人如此心想，在嘴裡含糊地做出回應。因轉生前的生活使然，他對公權力有反感而且不擅長應付。然而與那種感覺相比，面對這名女性所感受到的緊張又是不一樣的事物。自然而然地覺得「自己這種人不配跟對方見面」對權人而言也是第一次的經驗。

（天生尊貴之人，該有還是會有呢。）

「果然不習慣獸人嗎？既然如此，來吧。」

喀噠的硬質聲音響起，權人面前的空氣輕柔地流動。甘甜花香傳出，士兵們加強了緊張感。

權人不由自主地領悟到發生了什麼事。

薇雅媞走下王座，蹲到他的前方。權人煩惱不知該如何是好時，被她趁隙握住了手。狼的手——跟人一樣，進化成長長的五根手指——裹住他的手掌。整隻手被又白又柔軟的毛覆蓋，掌心長著肉球。

老實說，軟綿綿地很舒服。

「呵呵，如何呢？」

薇雅媞如此笑道，櫂人過於吃驚而抬起頭。

他跟美麗的蒼藍眼眸視線交會，薇雅媞柔和地微笑。

「嗯，總算看到你的眼睛了呢。我必須得向你道謝才行。多虧你不惜傷害自身，為了吾等人民而戰，還有——」

她緩緩望向旁邊。框人忽然吃了一驚。小雛正惡狠狠地瞪著握住他的手的薇雅媞。櫂人不由得流出冷汗。然而，薇雅媞卻呵呵一笑，也將手伸向小雛。她簡直像是在安撫小孩似的，輕輕裹住小雛側臉。

「我也要感謝小雛大人，這次全都仰賴妳的努力。」

「我、我是心愛的櫂人大人的女傭！這一切都是櫂人大人之力，不過那個……您過獎了。」

「呵呵，那麼，既然兩位都已經見過我，就來談談今後的事吧。」

薇雅媞輕盈地起身。她有如年輕女孩般以躍動步伐走回王座。然而，坐到自己應該待的位置後，薇雅媞瞬間纏上硬質的威嚴氛圍。

櫂人感到愕然，一邊眺望這副光景。

薇雅媞是有著神奇氛圍的狼。她看起來像十多歲的少女，也像是百歲老婆婆。以人類的眼光來看，本來就很難判斷獸人正確的年紀，而且她年齡不詳的程度更是超群。

她用符合「森之王」第二皇女身分的高貴氣質俯視兩人。

「那個金屬片，已經從冰塊中慎重地取出，也分析過了。不過就現狀而論，除了知道它是以吾等技術力所不可能重現之物外，什麼都不得而知。今後能取得有用情報的可能性也很低吧……另外，那東西不見得只有一具。」

「我也考慮過這可能。就算可以改變模樣，果然還是很難認為它完成了虐殺所有步驟。」

「因此我想請兩位繼續留下來協助，直到可以宣布虐殺告終的狀態為止。必須確認那東西的真面目……如果有的話，也得確認它的主人才行。」

薇雅媞的話語讓櫂人眯起眼睛。

至今為止，她使用可以說是天真無邪的方式表示親愛之情的理由就在這裡吧。薇雅媞明顯有意識到要讓櫂人他們對獸人感到親近。

（視那東西的主人而定，有可能會演變成與人類的鬥爭。）

思索數秒鐘後，櫂人慎重地開口。

「我果然覺得它是惡魔的產物。」

「皇帝」斷言那東西與惡魔無關。然而，櫂人卻刻意隱瞞此事如此訴說。他判斷就現況而論，應該要盡可能地除去人類與獸人之間的火種。

雖然像是察覺到他的真意，薇雅媞仍是態度沉穩地點點頭。

「惡魔契約者不論種族為何，本來就會被存活於世間的萬物視為敵人。如果敵人是新的契約者，就有必要將此事也通報給人類知情。果然得盡早確認它是什麼東西才行……你雖然也是惡魔契約者，靈魂卻很高潔。沒有傷害任何人，而且協助吾等的櫂人大人是重要的友人。今後也希望你能夠將那股力量借給吾等。」

薇雅媞露出微笑，就像在催促「好回應」似的。不知是真是假，那張微笑中洋溢著可靠的信賴感。櫂人點點頭，不論是真是假都無所謂。

他該做的事很簡單。

「要阻止虐殺，還有確認敵人的真實身分。在那之前，我會確切地將力量借給你們。」

「感謝。目前這樣就很足夠了，之後再視結果繼續交涉吧……我想兩位今天也累了。菲亞，帶二位去休息。」

一旁待命的兔頭女官點點頭。搖晃垂耳鞠躬後，她請——至今仍跪著的——櫂人兩人起身。

向薇雅媞深深低下頭後，兩人轉身。

皇女沉穩的聲音從背後追過來。

「請相信我們。我想跟櫂人大人與小雛大人當親密友人，也同樣想繼續當人類的好鄰居。正因如此，非得除去憂患不可。」

「嗯，我相信妳喔，皇女殿下。」

櫂人如此回應，實際上他並不懷疑薇雅媞有所虛言。

被帶過去時，櫂人有從琉特那邊聽聞第二皇女是沉穩的人物。第一皇女與第三皇太子血氣特別旺盛，似乎熱切地期盼擴大獸人的領土。

第二皇女薇雅媞對那兩人隱瞞了虐殺的情報。正是因為如此，她有必要將櫂人這個第三勢力拉攏成為自己的棋子。說到底她仍是以解決事態為第一要務而行動著，那顆避免紛爭的心是貨真價實之物。

她也不希望獸人之地疲弊，以及森林荒廢。

而且，這一點櫂人也一樣。他不想看見有人受苦受傷的模樣。

（「機械神（Deus ex machina）」）

因此，必須盡快確認其真面目才行。

必須查清在虐殺背後，究竟是發生了什麼事。

或者說，必須查清即將發生的事。

＊＊＊

「喂，『皇帝』……有聽見嗎，『皇帝』？」

被女官領進客房後，櫂人如此呼喚。他一邊坐在床上，一邊口氣很差地叫著自己的惡魔。然而沒有回應。「皇帝」心高氣傲，而且也陰晴不定。今天一直因為無聊瑣事叫他，所以他似乎完全被惹毛了。

這下子要等到明天以後才有辦法問「機械神（Deus ex machina）」的事了吧。

「別這麼輕易就鬧彆扭啊！喂！」

櫂人不死心地呼喚，即使如此還是沒有回應。看樣子他似乎是完全阻隔了主人的聲音。在口袋底部，裝有弗拉德靈魂的寶珠有如要說「哎呀呀」似的蠢動。不過櫂人卻表示「沒你的事」，完美地將其無視。

「——真是的，居然在這個節骨眼上。」

嘆了口氣，他重新坐到床鋪上。

就在此時，房間門扉開啟，小雛探出臉龐。

「如何呢，櫂人大人？有回應嗎？」

「不，不行。今天他似乎已經打算不說話了。」

就在此時，櫂人不由得屏住呼吸。

小雛在他視線前方歪歪頭，微濕的銀髮搖曳。

「您怎麼了呢？」

她的模樣不同於平時的女傭服打扮。

在落腳客房前，小雛借了熱水。她是機械人偶，本來是沒必要沐浴的。然而女官卻提出

「擦去身體的髒汙，塗個香油如何」的建議。

櫂人也贊成，因此她到剛才為止都不在房間。

白皙豐腴的軀體被縫上花朵圖案的薄布裹住，小雛搖曳異國風情衣裳的柔軟裙襬轉了一圈。

「啊，被嚇到了嗎？女傭服的裙襬有點髒，所以借了這套衣服。看起來不會令您不悅吧？」

「很漂亮。」

「咦？」

「啊，抱歉……不，不是抱歉。我不自覺說出實話了。」

櫂人如此說道，一邊紅著臉壓住臉龐。

小雛眼睛眨了幾下。在那瞬間，她的臉頰頓時染成赤紅色。小雛無意義地扭動身體，口齒不清地低喃。

「櫂、櫂人大人就是會這樣偷襲，真的好狡猾喔。」

「呃，這並不是偷襲，應該說我不由自主就吐露出心聲了。」

「就是這種地方粉狡猾的說……連舌頭都粉難動了不素嗎……真是的，好害羞。」

小雛蹲在地上，有如鼠婦般整個人蜷了起來。真是可愛——櫂人眺望著那副模樣。

不久後，小雛不知為何連頭都抱住，最後還如此喃道：

「⋯⋯⋯⋯⋯⋯⋯⋯⋯⋯⋯⋯⋯⋯⋯⋯⋯⋯⋯⋯⋯⋯⋯⋯⋯⋯⋯⋯⋯太幸福要死掉了。」

「不，這樣不行，活下去吧。」

就在此時，權人猛然一驚察覺到一個重大的問題。他慌張地環視四周。

客房的石壁也裝飾著活生生的植物。獸人們崇尚空氣的自然流動，因此本來並不喜歡石造房屋。然而學會用火，摸索適合氣候的建築物後，他們最終將石頭與各種素材結合在一起，創造出獨特的技法。

這個房間也充分地活用了那種技法。

在室內日照也計算進去的前提下，窗戶設計得很大。如今那兒被從未見過的巨獸毛皮堵住。似乎是晴天時可以捲上去收起來的樣式。以木頭組裝的床鋪上擺著塞滿乾草的床墊，上面疊了一層又一層的布。包含地板上的地墊在內，所有布都施加了複雜的刺繡。

是一個可以度過舒適時光的寬敞房間。

然而，實際上這裡卻有一個大問題。

（只、只有一張床。）

也就是說，這樣下去權人注定要跟小雛同床共枕。

琉特在他腦海裡爽朗地大笑。他恐怕是聽聞兩人是夫妻，所以才機靈地這樣做吧。然而，這卻是糟糕、而且極度多此一舉的好意。

以前，權人曾讓小雛陪睡。然而，如今在兩人已互相確認彼此心意的狀態下，權人不覺得只有陪睡就夠，而且他也沒有——只這樣做就行的——自信。

該如何是好呢——櫂人再次環視室內。

幸好地板的墊子很厚，只要從床鋪那邊借塊布就能睡了吧。

（好，只要我睡地板就沒問題了！）

就在櫂人如此判斷握緊拳頭之時。

（嗯…………咦？）

櫂人漸漸發現小雛的樣子不對勁。她在不知不覺間站起身，而且用鑽牛角尖的模樣目不轉睛地盯著床。

「小雛，妳怎麼了？」

「……那個，櫂人大人。」

「嗯？」

「我們……是夫妻吧？」

咳咳咳——櫂人劇烈地咳了起來。

他也沒遲鈍到無法領悟言外之意是在問什麼。櫂人正要慌張地張開嘴巴，卻又緊緊閉上。因為小雛的翠綠色大眼眸盈滿了不安。

依賴般的視線極為無助。

櫂人靜靜瞇起眼睛。他回想過去小雛對自己說過的話。

『我想、成為、權人大人的、家人。』

小雛為了權人受傷，甚至失去四肢，一邊如此祈願。

他則是一邊哭泣，一邊回應這句話。

『那種東西，打從很久很久以前……自從相遇的那一刻起，妳就成為我的伴侶了吧。』

在近乎瘋狂之舉的選擇與戰鬥的盡頭。

瀨名權人，像這樣得到了家人。

「那個，如果權人大人不討厭的話……我們差不多也該、那個……」

小雛緊抓自己的衣服如此說道，她用顫抖的聲音把話接下去。

「……應該可以，不是嗎？」

緊張感似乎在這裡超過了極限。小雛的臉頰染紅至前所未有的境界，她失去平常的積極性，六神無主地搖搖頭。

「我、我說了逾越之言！我會在地板睡的，請您忘——」

「小雛！」

權人立刻抓住白皙纖細的手腕，小雛露出吃驚表情。

要睡地板的人是我——這句話差點衝口而出。「不是這樣的」權人這麼說著後閉上嘴巴。

（不對！非說不可的不是這種事吧！）

櫂人與小雛無言地對望，她有如小狗般用濕潤眼瞳望著他。櫂人差點不由自主地錯開視線，卻還是忍住開了口。然而，他卻沒能立刻說出話語。

小雛悄悄垂下頭。在那瞬間，櫂人默默無語，就這樣硬是將她拉至身邊。

櫂人緊緊地擁住小雛。

「櫂、櫂人大人？」

小雛發出高八度的聲音。櫂人一邊聽著，一邊感到眼前一晃。

自己的心跳聲跟小雛的齒輪聲好吵。這樣下去的話，兩人會一起死掉吧。櫂人不由自主地如此擔心。然而，小雛卻也緊緊──簡直像是在依賴似的──回抱自己，因此他領悟到自己的行動並沒有錯。

（的確，我們是夫妻。）

不管是生病時，健康時，或是何種危機造訪都一樣。

直到死亡令兩人分離，櫂人都打算跟小雛在一起。

「小雛，從今而後我不打算放開妳，也不會離開妳。」

「櫂人大人……簡直像是作夢般，擔待不起的一句話。小雛真的很幸福。」

「所以說呢……那個……這種時候，該說什麼才好呢……」

「櫂人大人，加油！」

「我會加油！所以……以後我要永遠跟妳活下去，我絕對會珍惜妳！所以——」

就在此時，櫂人伸直手臂，使勁將小雛推至眼前。小雛比他高。櫂人目不轉睛地仰望小雛，她一臉嚴肅地等待他的話語。

一吸一吐調勻氣息後，櫂人如此告知。

「今晚，要不要好好地，成為真正的夫妻呢？」

「好的！好、好、好、好、好！」

對因為緊張而不自然的敬語猛點頭。

小雛有如花兒綻放般露出微笑。

＊＊＊

床鋪嘰哩發出壓輾聲。

在櫂人面前，小雛臉頰染上紅暈，橫躺在床上。

櫂人輕輕將手撐到那頭銀髮的旁邊。床鋪再次發出聲音，雖然是在模仿人類的呼吸，小雛的大胸部仍是在薄布下方上下起伏，就像在表達主人的緊張與興奮。

櫂人咕嚕一聲吞下口水。然而，他卻在此時猛然一驚，移開手臂重新坐好。

小雛橫躺在床上，就這樣叭嚓叭嚓地眨眼睛。

「櫂人大人，那個、為何您把腳疊起來坐著呢？」

「呃，因為老爸跟愛人們靡爛到不行啊……我覺得應該好好說些什麼後再開始，所以才跪坐的。」

「跪坐？好有趣喔！我也來學看看！」

小雛輕輕起身，她也疊起腳坐著。

兩人像這樣面對面。櫂人與小雛擺出正經的表情，然後同時噗哧一笑。

朝彼此呵呵輕笑後，櫂人併攏手指將手臂撐向前方，深深地行了禮。小雛也學他這樣做。

「那麼，請多指教。拜託了？嗯，這種說法好像也怪怪的？開動了？不，不對，剛才的不算！呃……我會珍惜妳的！」

「請櫂人大人盡情享用！今後直到這顆鋼鐵心臟停止運轉前，我都會與您一同活著，守護著您，在您身邊壞掉的。直到那一刻來臨前，請務必讓我永遠相伴。」

兩人同時抬起臉龐。這一回櫂人與小雛有如害羞似的紅暈上頰。

就在此時，小雛微微錯開視線，然後又移回來。這次是怎麼了——櫂人露出困惑表情。

小雛一邊忸忸怩怩，一邊向他詢問。

「那個……我覺得應要事先問一下才對……不過，請您務必不要感到不舒服喲？」

「嗯，究竟是什麼事？」

「要羞澀比較好呢？還是說猥褻也沒關係呢？」

「咳咳。」

櫂人再次激烈地咳了起來，他難受地猛咳。

哎呀呀——小雛伸出手臂。她用單手溫柔地撫摸櫂人背部。這個動作有了成效，他總算是平靜了下來。確認這件事後，小雛有如輕撫般將白皙柔荑移動至櫂人後頸。纖細手指有如搔癢般的動作令櫂人背脊一震。

「小、雛。」

「櫂人大人。」

小雛就這樣將體重放上後方，她再次躺到床上。

櫂人自然而然變成覆上她的姿勢。

雖然害羞，小雛仍是浮現艷麗笑容。那對豐滿胸部在櫂人的身體下柔軟地變形。很暖和，有著只要抓上去彷彿就會融化自指間溢出般的感觸。

（哇、啊。）

櫂人感到一陣暈眩。

小雛將臉龐湊向他的耳畔，發出甘甜吐息同時低聲囁語。

「櫂人大人，請吻我。」

「啊，嗯。」

如她所願，他疊上唇瓣。小雛怯生生地將舌頭伸過來。唇瓣被溫柔地輕戳，雖然笨拙，櫂人仍是對此做出回應。小雛舌頭的動作一口氣變得大膽。

絕對不算短暫的時光與濕潤聲音一同流逝。

不久後，櫂人移開唇瓣。吐出氣息後，他如此低喃。

「暈、暈沉沉的，而且全身麻酥酥，又不能呼吸，腦袋好像要停止運作了。」

「呵呵，這種地方非常可愛呢。」

「妳才絕對可愛。我說小雛啊，什麼怎樣才好……我的喜好之類的，這種事沒必要去思考。畢竟我也完全沒自信可以做好……不過，妳能保持自然的話我會很開心的……呃，什麼嘛，這樣笑咪咪的。」

小雛呵呵發出輕笑，櫂人不由自主「唔唔」地皺起眉頭。

小雛伸出手指，充滿憐愛地輕戳櫂人的鼻子。

「因為櫂人大人在閨房依舊溫柔，我很高興嘛。」

「唔，嗯——」

「只是，我說啊。」

「嗯？」

就在此時，小雛輕輕抬起臉龐。她有如小狗撒嬌般，用自己的鼻子磨蹭權人的鼻子。而且小雛還像是小鳥輕啄般，啾啾啾地不斷輕吻他的臉龐。接著，她再次與權人面對面。

小雛幸福地露出柔和微笑，然後，她用滲出甘甜蜜汁的聲音囁語。

「我覺得自己一定會因為好開心好開心，自然而然地變得猥褻呢。」

權人滿臉通紅。他打算要說些什麼，她用吻堵上那對唇瓣。再次交換長吻後，兩人移開臉龐。他們四目交會相視微笑。

「權人大人，我愛您。」

「嗯，我也愛你喔，小雛。」

彷彿不這樣做就受不了似的，兩人不斷疊合唇瓣。

床鋪大大地搖晃。

之後，衣服磨擦的聲音持續著。

4 金色的拷問姬

fremdtorturchen

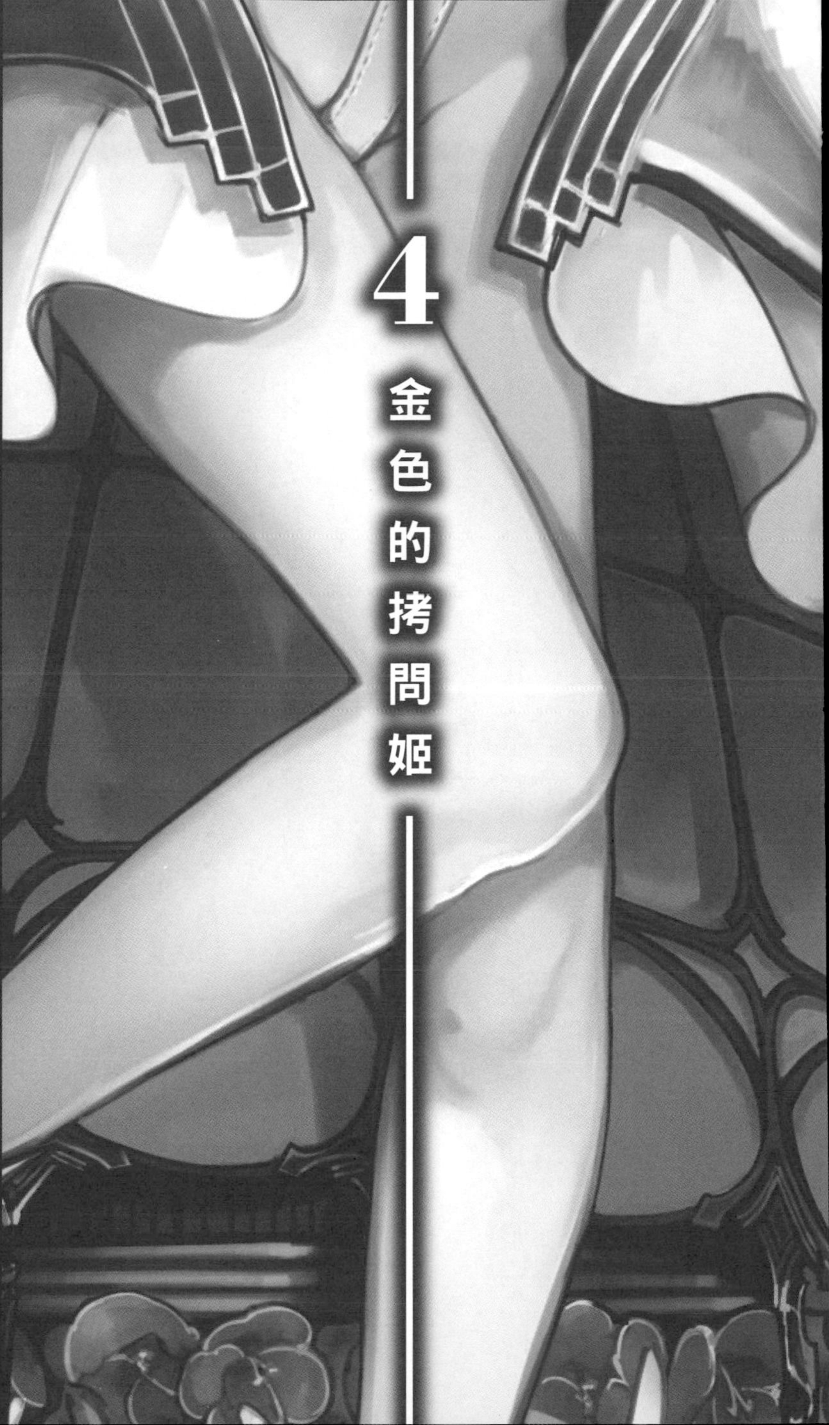

「喂…………………………『肉販』啊。」

「用帶有威脅性的語氣是要問什麼事呢，伊莉莎白大人？」

「余啊，總覺得現在有一種超想舉杯慶祝一番，又覺得非得狠揍牆壁踹倒某處的某人這種既溫馨、又殺氣騰騰的心情呢。」

「真是巧啊。我也覺得自己好像也有這種感覺喲。」

「肉販」懶洋洋地回應伊莉莎白的話語。

兩人仍在「拷問姬」的寢室裡。在地板上強行生起的營火已經燃盡，化為灰燼。有如取而代之般，附近到處都是骨頭與盤子，還有變空的酒瓶。

這正是宴會後的杯盤狼藉，實在是淒慘萬分。

在這副慘狀之中，伊莉莎白躺在床上，「肉販」則是倒在地板上。兩人躺成大字形，茫然地眺望天花板。

伊莉莎白忽然一驚，用認真表情說道：

「該不會這種奇妙的心境，就是老是吃怪肉害的吧？」

「唔，我有一種預感，意想不到的不白之冤正要降臨到自身啊。」

「應該說，為何你老是帶一些蠢東西過來啊！」

「什麼啊！三分熟史萊姆肉排意外地好入口不是嗎！」

是因為吃飽而無法動彈嗎？「肉販」揮舞手腳表示抗議。伊莉莎白露出氣鼓鼓的模樣，就這樣不回應。室內寂靜無聲。然而，她卻突然動了起來。

伊莉莎白腹肌用力，「嘿咻」一聲撐起上半身。她左右轉動脖子弄出聲響。

「方才，余領悟到現在既不是鬆一口氣，也不是睡覺的時候。話雖如此，人類不能隨便入侵獸人領域的事實仍然沒有改變呢。」

伊莉莎白雙手環胸，「唔唔」地發出沉吟。就算下定決心，現狀仍然無法改變。只要沒被獸人那一方邀請，人類入侵純血區就是違反協定。自從火刑一事傳出去後，「拷問姬」的惡行也更廣泛地流傳開來了。

自己變成戰爭的導火線，這果然不是鬧著玩的。

伊莉莎白皺起眉頭。「肉販」一邊撫摸自己漲得圓鼓鼓的肚子，一邊提出建議。

「這樣的話，趁現在解決其他應該要做的事情如何呢？畢竟為了討伐十四惡魔，伊莉莎白大人一直很忙啊。」

「你在說什麼啊，什麼其他應該要做的事情……」

講到這裡時，伊莉莎白微微瞪大眼睛。她極自然地鬆開環抱於胸的手。

或許是想到了什麼，伊莉莎白緊咬唇瓣了好一會兒。她閉上眼睛持續思考。不久後伊莉莎白睜開眼，猛然躍下床鋪。

「正如你所言呢。余有應該要做的事情，要出去嘍。」

「好的～路上小心。」

「肉販」悠哉無比地輕輕搖了搖手。「拷問姬」搖曳烏黑柔亮的秀髮，從仍然躺著的他身邊疾馳而過。她用力拉開門扉。

「肉販」只移動脖子，目送伊莉莎白離去。門沒關上，她的背影就這樣消失在另一側。不久後，他喃喃低語。

「對人類來說，就算生涯短暫，該做的事還是意外地多。不去做的話，後悔可是會累積起來的喔，伊莉莎白大人……因為這個世界能維持到何時都不曉得呢。」

凝重沉默落至只剩下「肉販」一個人的寢室。

不久後，他發出大聲響打了一個飽嗝。

＊＊＊

隔天早上是極幸福安穩，慵懶甜美又平靜——

同時也是慌亂，又令人害羞的開始。

同時清醒時，櫂人與小雛感到無比幸福。

他們全身赤裸，在只蓋著布的狀態下彼此相視。

該選什麼當作第一句話才對呢？櫂人不太清楚。胸中充滿各種思緒，沒辦法好好說出話語。而且，這點小雛也一樣。

迷惘之後，兩人不約而同地選擇了跟平常一樣的問候語。

「早，小雛。」

「早安，櫂人大人。」

小雛浮現融化般的微笑，櫂人也不知不覺地回了相同的表情。

兩人讓額頭互相輕碰。雙方瀏海接觸肌膚，感覺癢癢的。這種感觸讓他們有如孩子般相視而笑。兩人就這樣自然而然地準備接吻，就在此時。

門扉毫無前兆，磅的一聲猛然開啟。

「哎呀，真是不錯的早晨呢。早安啊，櫂人大人！」

琉特出現了。

掛著滿面笑容。

櫂人跟小雛僵在原地。

櫂人小心翼翼地望向門扉那邊，琉特啪嚓啪嚓地眨眼。給我領會啊——櫂人送出視線。

我領會了喔——琉特嚴肅地點點頭。

————嘰、啪噠。

就這樣，門扉闔起。

櫂人跟小雛有如被電到似的動了起來。

獸人不太常沐浴。另外要泡澡時，在貴族階級中有使用大浴場的習慣，而且會讓香草植物與花朵飄浮在浴池中。不過，客房隔壁有鋪設磁磚的小房間，裡面則是準備了小澡盆。恐怕是考量到異種族，所以要給他們使用的吧。本來應該拜託女官準備熱水才對，這次櫂人卻用魔法急忙變出水，並且用火焰加熱。

俐落地清潔身軀後，兩人回到房間。櫂人與小雛慌張地穿上衣服。

一切都弄好後，櫂人大聲咳嗽清清喉嚨。

「已、已經好了喔。」

「哎呀，真是不錯的早晨呢。早安啊，櫂人大人！」

「被當成沒這回事也挺難消受的！」

櫂人不由自主堅定地如此斷言，琉特的耳朵垮了下來。

「失禮了……哎，獸人的早晨打從日出前就開始了，所以不小心就……我不夠細心啊。誠如您所見，因為我是粗人，真的非常抱歉，嗯。」

「不，沒關係的。因為錯在我這一邊，對不起。」

不不不不這邊才是別這麼說別這麼說——兩人你一言我一語地如此說道。不久後，琉特的耳朵變成豎直的模樣。再次重新掌控全場後，他將疊好的女傭服遞給小雛。

「那麼，小雛大人這個給您。是女官交給我保管的。」

「哎呀，感激不盡！我立刻去替換喔！」

這段期間內，櫂人與琉特來到走廊上。兩人在談論之後的預定行程。

早餐後，薇雅媞的私兵團之間要開會。

「要決定今後的巡邏路線，希望櫂人大人也能參與。」

「嗯，當然。請多指教。」

「關於早餐一事，也有人提議要與薇雅媞．烏拉．荷斯托拉斯特大人一同用餐，不過後來覺得兩位或許會感到很疲累，因此決定個別用餐……您意下如何？」

「這真是幫大忙了！變成聚餐的話，好像會因為緊張而食不下嚥呢。」

「哈哈，我有猜到喔！我也不擅長應付拘謹的場合啊！」

如此說道後，琉特搔搔長著紅毛的頭。他用比以前還要親暱的模樣笑了。

櫂人與換好衣服的小雛一起前往——據說早餐也在那準備好了——會議室。三人在莊嚴的城堡內前進著。

薇雅媞的城堡走廊是用岩石組合而成的。然而，果然裝飾著各式各樣活生生的爬牆虎與花朵，以及施加刺繡的布，每個皇族使用的花紋似乎都不一樣。另外，遮住窗戶的野獸皮革如今皆捲了起來。

金色光芒從走廊那邊斜射而入。

（好美的光景……嗯？）

就在此時，櫂人察覺到口袋底處那顆裝有弗拉德靈魂的寶珠正在蠢動。

櫂人不由得臉色發青。這麼說來，昨晚他沒機會將外套丟得遠遠的。自從初次注入魔力後，弗拉德的寶珠就能掌握周遭的狀況。

（這、這下子，好像又會被講些有的沒的啊。）

櫂人一邊壓住額頭，一邊跟小雛一同跟在琉特身後。

＊＊＊

早餐是又薄又平的麵包，用來塗著吃的柔軟起司，以及將幼鳥與蔬菜一起徹底熬煮的燉菜。雖然每一道料理的味道都很淡，卻也準備了或許是要給客人使用的鹽與辛香料。

據說住在亞人棲息區域附近的獸人味覺又不相同了，那兒似乎有很多人喜好使用獨特辛香料的料理。櫂人想起以前在攤販被分到的炒飯，然而這次獸人們卻認為那些料理或許不合人類的胃口，因此準備了本土的普通菜色。聽說宮廷料理也因為餐桌禮節會很麻煩而被避免了。從櫂人的角度來看，這是令人感恩的考量。

他在會議室的圓桌上吃完那些食物。

女官迅速地現身，將餐具收拾乾淨。她手腳俐落地將茶水一一排到桌上。

櫂人他們就這樣等了一會兒。

不久後門扉開啟，陌生武人們現身。

他們都穿著用上皮革或牙齒，以及鱗片的朱紅色鎧甲。肉食系的獸人很多，然而裡面也有長著壯觀犄角的公鹿或跟老年山羊。所有人都默不作聲，各自釋放著壓迫感。

他們淡定地入座，各自的部下站在身邊。其中也有先前就見過面的琉特部下。寬敞的會議室擠滿了獸人。

看準全員到齊後，琉特起身。

他緩緩開始述說先前的事件。

「吾等終於抓到虐殺犯了。然而正如昨晚發下去的資料所述，那是連有沒有自我意識都令人懷疑的存在。由於懷疑是某人所造，不見得只有一具，因此要再次討論巡邏路線——」

「有件事應該先講才對不是嗎？」

就在此時，公鹿發出流暢卻很冰冷的聲音。

他將帶有中性美感，卻令人感到凍徹心扉的眼神望向櫂人。被不同於人類的獸眼直視，櫂人不由得正襟危坐。在公鹿身旁，熊獸人巨漢重重地點頭。

「唔，在那邊的人類是惡魔契約者。聽說是人類公敵喔？」

「我記得只有琉特大人接到密令，向他提起契約——而且完全沒找吾等商量過。」

現場瞬間瀰漫危險氣息。琉特的部下們露出想發言的表情，但琉特舉起單手，沉著地制止此舉。如針般的視線陸續刺向櫂人。

在這種情況下，櫂人這個當事者很沉著。他是「皇帝」的契約者，本來就根本不期待會受到歡迎。

室內的緊張感漸漸高昇之際，狐頭武人忽然起身。

「嗯，因此對吾等而言，有件事應該先完成才行！」

「哦！」

複數回應聲疊合，武人們一一起身。他們全身纏著駭人霸氣，小雛立刻將手伸入皮包，握住槍斧（Halberd）的握柄。

一觸即發的空氣充斥室內。武人們伸手按上劍柄拔出利刃，率先打破這股氛圍。

頑強的武人們高捧長劍，一齊單膝跪地。部下們也陸續仿效。

劍指向天。

琉特有如早就瞭然於胸似的緩緩微笑。

櫂人跟小雛吃驚地瞪大眼睛。在他們前方，公鹿朗聲說道：

「吾等是崇尚恩義與力量——更是推崇實績的種族。此外，薇雅媞．烏拉．荷斯托拉斯特大人認同您，並且友好地款待您。她的話語便是『森之王』的諭旨。櫂人大人，吾等私兵團對您的貢獻表示感激。」

「————呃，什……」

有如被雷打到般的衝擊襲向櫂人。對他來說，獸人們的反應出乎意料。

離開伊莉莎白身邊時，櫂人就對嚴苛的日子有所覺悟。心愛的新娘小雛陪在他身邊，然而要成為人類公敵仍是需要相對的覺悟。被許多人憎恨輕蔑，被丟石頭，櫂人還是打算要活著。

應該是這樣才對，但如今卻有人衷心向他獻上感激之情。

櫂人忽然想起伊莎貝拉的事。他在王都廣場確認她平安無事。如今雖是處於割袍斷義的立場，伊莎貝拉卻也曾毫不猶豫地向惡魔契約者伸出手。

（自從與「皇帝」締結契約以來，老是發生出乎意料的事吶。）

櫂人像這樣細細品嘗意外的幸運。不過，這其中也有其他的感慨。

（沒想到有朝一日能像這樣幫上別人。）

瀨名櫂人曾有如垃圾般倒在榻榻米上，性命的價值比蟲子還不如。不只如此，甚至連存在的意義都沒有。然而，如今卻不一樣。

就算要成為人類公敵，櫂人也能夠幫助別人，走在不與自己背馳的道路上。那是來到這個世界後，他初次用自己的手抓到的榮耀。

櫂人用有力視線回望武人們，灰熊開了口。

「從今而後，也希望您能將那股力量借給吾等。」

「嗯，當然——我無法容許虐殺，希望各位讓我做自己能力範圍內的事。」

櫂人如此回應，獸人們點點頭。他們用整齊劃一的完美動作同時起身，回刀入鞘。櫂人望向琉特那邊，琉特有力地點了頭。

兩人不約而同朝彼此伸出手。

獸與人的手疊合，惡魔契約者與獸人堅定地約定要共同戰鬥。

瞬間，琉特癱倒在地。

血花飛散，皇帝嗤笑。

「…………咦？」

櫂人瞪大眼睛。他什麼都沒做。剛才，究竟，發生了什麼事？就算靠著櫂人這個惡魔契約者的身體能力，腦袋也完全跟不上狀況。

而且，慘劇不是這樣就結束了。在圓桌之中，血沫有如花瓣般飛舞而起。頑強武人們無法做出任何反應，就這樣一個接著一個地倒下。

「——唔，櫂人大人！」

這次小雛真的從皮包中抽出槍斧（Halberd），她站到櫂人的前方。

就在此時，櫂人在視線邊緣微微捕捉到鋼鐵光輝。

對手不是在前方。

雖然感到愕然，他仍然在本能性的預感驅使下回頭望向後方。

櫂人是這樣想的。

花朵出現了。

＊＊＊

櫂人前方站了一名少女。

她毫不膽怯，堂堂正正地從門口出現。

平穩有序的現場如今已然崩壞，室內處於極度混亂的漩渦之中。

看到少女站在那兒的模樣，櫂人感到愕然。

因為她的外觀實在過於異樣，作為一名帶來混沌的犯人再適合不過。

對方的年紀大概是十多歲吧。然而，少女的衣裳卻與她的年齡背道而馳，實在是暴露過頭了。那恐怕是純白色的束縛風洋裝，但布料面積卻少到異常。只用皮帶以十字狀橫跨在嫩白裸體上遮去危險場所的模樣，能否說是衣服都令人懷疑，然而上頭裝飾品卻很多。特別是腰際處與手腕上使用了許多金屬，因此有著機械般的印象。蜜色的茂密秀髮與薔薇色眼眸同時也給整體添加華美感。

那副姿態像花朵，似女王，有如惹人憐愛的人偶。

而且，她的腳邊跟著數具金屬製怪物。

只以獠牙打造的野獸。雖然狀似人類，骨骼卻有著致命性歪斜的自動人偶。擁有玻璃製巨翼以及管製四肢的蜥蜴。完全沒有任何接縫的雙足步行鎧甲。就是它們瞬間斬裂獸人，將其打倒的吧。它們一具具的外觀都大為不同，然而整體印象卻統一到了奇妙的地步。

櫂人不由自主有如呻吟般低喃。

「——————『機械神（Deus ex machina）』。」

這些東西跟那個是同種類的某物。

而金色少女無疑就是它們的主人吧。

她堂堂站立的模樣簡直像是機械們的女王。或者說，看起來也像是馬戲團團長或是人偶師。然而說到人偶的話，少女的外表本身看起來也像是人偶。

其全貌奢華又美麗，然而表情卻是冷若寒霜。

欠缺人味。

就在此時，如礦石般的薔薇色眼眸忽然移向旁邊。

櫂人漸漸回想起周圍的慘狀。整個房間血花飛散，響著呻吟聲。

聽到這些聲音，櫂人微微感到安心。

（他們還沒死。）

不能讓對方繼續攻擊下去。櫂人如此心想，讓緊張感布滿全身。然而，少女早就連一眼都不望向那些正在受苦的獸人們了。

僅僅瞬間撇了一眼小雛後，她將視線移回到櫂人身上。

不久後，少女用生硬的動作張開嘴巴，就像她自己也是機械人偶似的。

「冠上『皇帝』之名的無罪靈魂啊，從現在起請你以隨從身分侍奉我。」

櫂人感受到有人從旁邊橫揮狠揍頭部般的衝擊，這句台詞幾乎跟「她」一模一樣。

雖然為時已晚，但他同時也察覺到了一個事實。

這名少女很像「拷問姬」。

像那個僅此一人、獨一無二的罪人。

而且，宛如在斷定至今為止的一切都是鬧劇似的。

糟蹋一切、瞬間顛覆狀況的少女報上了名號。

「吾名為『拷問姬』貞德・德・雷。是虐待奴隸救世的的聖女賤貨。」

5 對世界的疑惑

fremdtorturchen

那個國家被高聳牆壁圍住。

裡面，沒有活著的人類。

在長達三天三夜的拷問宴會之後，所有人都死絕了。

城鎮在變成「這樣」的數十年前，治理這一帶的領主家中誕生了獨生女。

她的名字叫做伊莉莎白。是在神明與人們祝福下誕生，美麗又惹人憐愛的少女。然而遺憾的是，她身體虛弱，生下來就注定年少夭折。

即使如此，伊莉莎白仍不曾妒忌或是埋怨讚美生命、享受人生的人們。

她獨自一人，不斷忍受襲向自己的痛苦。

在受苦掙扎之後，她應該在人們悲淚惋惜中結束一生才對。

然而，那個悲哀又平凡的命運卻失控了。以某一天為界線，伊莉莎白變了。

她對人們施加拷問，如同飢餓豺狼般襲擊城鎮。伊莉莎白傷害、屠殺領民，有如醜陋母豬般啜飲他們的激烈痛楚。

就這樣，以城鎮為名的餐盤被吃得一乾二淨。

教會害怕無數屍骸會產生疫病，以小動物為媒介朝四周擴散。他們在城鎮上放火，緊緊地關起門扉。在那之後，被牆壁圍住的城鎮就化為一座巨大的墳墓。

一座城鎮就這樣消滅，「拷問姬」則取而代之地誕生了。

這是惡劣至極又沒天理的醜惡童話。

同時這也是——令人完全笑不出來的——現實事件。

證據就是，如今伊莉莎白重訪了那片土地。

「這是余一手所為，而且這種程度的事也早就看習慣了，不過還是一樣很淒絕啊。」

在她面前的那片光景，宛如繪在宗教畫裡的地獄。

變成焦炭的大街上殘留著一些拷問器具。四面八方都裝飾著被貫穿、被吊起、被關起來的人骨。另外，路面上也厚厚地積著一層灰塵與泥巴。

伊莉莎白踩著泥巴朝前方步行。

她的行進路線前方聳立著一座依舊保持著美麗，甚至令人感到詭異的石灰色城堡。

空氣沉重又混濁，氣溫應該也很低才對。然而，大氣裡卻蘊含著討厭的熱度。

腐敗的風一邊撫摸伊莉莎白的黑髮，一般發出咆哮。

可恨的伊莉莎白，駭人的伊莉莎白，醜惡又殘忍的伊莉莎白！

受詛咒吧，受詛咒吧，受詛咒吧，受詛咒吧，永遠受詛咒吧，伊莉莎白！

整座城鎮用無聲之聲吼叫著，伊莉莎白面不改色地在這種情境下前行。她從四肢被弄碎的孩童骸骨身邊通過，走過以滑稽姿勢倒在地上的女性骷髏旁邊。

不久後，伊莉莎白踩響高跟鞋停下腳步。

「——就是這裡呢。」

通往城堡的大街在她前方延伸。

在昔日廢墟之中，此處相對而言可說是維持著原本的光景。在拓寬以備馬車往來的道路上仔細地鋪著紅磚，左右兩旁並排著被熔剩的金屬招牌，以及仍保有骨架的商店與民宅。然而，如今這一帶卻因為伊莉莎白與某名死靈術師（necromancy）之爭化為醜陋的戰場痕跡。

路面上散落著大量骨頭，一部分建築物也倒塌全毀。

道路上的紅磚東禿一塊西禿一塊，地面宛如醜惡傷疤般裸露而出。在那兒有一個地方不自然地隆起，被固定成圓形的表面上豎著木製板子。

那是墳墓。

木板前端裝飾著髒兮兮的黑色帽子，伊莉莎白對它居然還沒被風吹走一事感到吃驚。然而，以前在寬帽沿閃耀光輝的氣派白百合已經不見了。

她微微瞇眼，低聲囁語。

「……………瑪麗安奴。」

對伊莉莎白來說，那個名字是既仰慕又忌諱的存在。

瑪麗安奴是與伊莉莎白一起度過年幼時光的家庭教師（tutor）。她對伊莉莎白的凶行感到自責，並且在這股自責意念驅使下發狂，最終遭弗拉德利用成為死靈術師（necromancy）。

造出這座墳墓的人不是伊莉莎白。

而是給予成為惡魔手下的瑪麗安奴致命一擊的瀨名櫂人。

將自己的父親——正確地說是其靈魂脫離後的人偶——埋到後院後，他表示也想埋葬瑪麗安奴。當初，伊莉莎白一口否決了這項訴求。然而櫂人實在是太死纏爛打，伊莉莎白只好表示自己只負責接送他來回這座城鎮。

或許是有猜想到伊莉莎白與瑪麗安奴雙方的意願，他並未將屍骸帶回，而是在這裡造了墓。然而，此處本來就是死亡城鎮，如今也有無數屍骸沒被弔祭棄置於地，然而卻只讓一人入土為安，這正是滑稽的自我滿足。

伊莉莎白如此毫不留情地針貶，然而櫂人卻表示「我明白」，點點頭說道：

『這個人是我殺的。這不是別人的問題，而是我的問題。』

就某種意義而論，這座墳墓也是瀨名櫂人頑固程度的象徵吧。

至今為止，伊莉莎白都無心造訪這裡。

她不會回顧自己殺掉的人。不會在意自己一路走來所踩爛的內臟，也不會為了後方那一大片鮮血的量而動搖。然而，與十四惡魔的戰鬥已經結束，如今事情又另當別論了。

伊莉莎白有一句話應該要告訴墳墓下方的女人。

「……抱歉啊，瑪麗安奴。余對妳說謊了。」

這句話語中蘊含著衷心的謝罪意念。伊莉莎白握緊拳頭，回頭望向後方。她用靜謐視線環視被灰覆蓋的死亡城鎮。

「余也很對不起大家。余曾說會立刻趕上你們，然而余還沒辦法過去。再等一會兒。」

沒有聲音回應這句話，只有風將不曾改變的憎惡運來。

可恨的伊莉莎白，駭人的伊莉莎白，醜惡又殘忍的伊莉莎白！

受詛咒吧，受詛咒吧，受詛咒吧，受詛咒吧，永遠受詛咒吧，伊莉莎白！

伊莉莎白用柔和的微笑做出回應。

她重複自己在過去也低喃過——如今說到底只不過是自言自語——的話語。

「這世上沒有任何一個應該被余殺害的人民。余殺掉的所有人都有權利健康地活著，安樂地過完人生。余殺掉的是無辜的人民。余殘忍地、悽慘地、毫無慈悲地、毫無道理地對你們下了毒手。余從未想過獨自倖免只要再收拾……或是阻止一個人，一切就結束了喔。」

只有最後的話語隱約伴隨著孱弱感。

伊莉莎白仰望灰色天空，然後閉起眼睛。瑪麗安奴臨死前的光景描繪在她的眼底。身穿喪服的家庭教師，沒有將憎惡情緒轉向伊莉莎白。

瑪麗安奴露出望向任性孩子般的溫柔目光，一邊輕聲低喃。

『我打從心底愛著您喔，我的大小姐。就算事已至此，我傾慕您的心情仍然始終如一，打從您小時候就完全沒變過。』

然後她悲傷又殘酷地告知真實。

『只要殺了我，今後這世上就不會再有人愛您了吧。』

「嗯——會這樣吧………應該是，這樣子，才對吧。」

『我最喜歡那個人了。』

『只要是為了那個人，我什麼都當得了，什麼事都做得到。』

「對吃下惡魔之肉，化為『拷問姬』的女人……實在是個蠢人啊。」

伊莉莎白無言地搖搖頭，然後閉上嘴巴。她再次與墳墓面對面。伊莉莎白打算要接著說些什麼，然而就在此時，她的表情急速地僵住了。

強烈的不自然感忽然襲向伊莉莎白。

宛如利針般刺進她的腦袋。

「等等……等一下。剛才，有某種……」

感受到衝擊，伊莉莎白壓住額頭。

她確認眼前的光景。那兒沒有任何可疑之處。瑪麗安奴的墳墓上沒發現任何值得特別反應的地方。明明是這樣才對，感受到的不自然感卻沒有消失。

（既然如此，是為什麼？剛才，余究竟是覺得何事有異？）

想著想著，伊莉莎白忽然想起令人懷念的光景。年幼的她將羽毛筆扔在一旁，鬧脾氣說自己不懂，瑪麗安奴溫柔又嚴格地告誡她。

她如此低喃。『仔細思考的話，應該就會察覺到喲，大小姐。』

她露出微笑。『請您再重看一次。』

「把剛才的話語……再重複一次。」

對吃下惡魔之肉，化為「拷問姬」的女人。

伊莉莎白瞪大眼睛。仔細想想這件事極為單純，然而快要徹底討伐十四惡魔時，她並沒有餘裕注意到它。

事到如今，她明白了。

當中有著矛盾。

「余，吃了惡魔的肉。」

這件事本身並沒有奇怪之處。因為弗拉德與他的同伴已經達成了召喚惡魔之舉。然而，弗拉德·雷·法紐也跟伊莉莎白一樣不是普通人。他是十四名成員中第一個挑戰召喚惡魔的人，並且成功與人類所能呼喚的最高位惡魔「皇帝」締結契約。

與得到他仲介的權人不同，獨自訂下契約並不是尋常魔術師所能及之壯舉。

與虐殺所有領民的「拷問姬」相比，弗拉德的力量遜色於她。然而，既然讓伊莉莎白吃下惡魔肉，試圖讓她成為自己的後繼者的話，他本人應該也有吃下惡魔肉才對。

弗拉德·雷·法紐吃下惡魔的肉，藉此取得召喚惡魔的力量。

「────等一下。」

有矛盾。

壓倒性的極度矛盾。

「最初的惡魔肉，是打哪來的？」

＊＊＊

「因為沒有回應，所以我重新詢問一次。請侍奉我。」

「我拒絕。」

面對自稱是新的「拷問姬」的少女──貞德──威逼意味十足的邀約，櫂人立刻做出回應。

如今，事態急轉直下。

是現場的平穩氛圍，以及今後的目標全部都被顛覆的狀態。發誓要共同戰鬥的獸人們被打倒在地板上，而且身為犯人的陌生少女不知為何還要求自己當隨從。

雖然心神大亂，櫂人仍是跟過去一樣毫不迷惘地回答。

他腦中浮現虐殺屍體被吊起的淒慘模樣。如今，信賴自己的人們正在此處流著血。既然如此，就沒有拒絕以外的選項。

櫂人以為對方會不悅，但不知為何貞德卻點了點頭。然而，她也沒像伊莉莎白那樣露出愉快的模樣，而是用欠缺人味的聲音淡淡地發出聲音。

「你(Mister)決定得還真是快呢。答案雖然在預料之內，回答速度卻具有意外性。有一種很遺憾，又不是這樣的微妙心情——哎，好吧。雖然能料想到那邊的理由，不過姑且也可以說明一下嗎？」

「其一，我已經是『拷問姬』伊莉莎白・雷・法紐的隨從了。其二，進行虐殺，製造出這種狀況的妳，無疑是我的敵人。」

「據我推測，還有一個理由就是了。」

貞德如此催促。深深吸氣後，櫂人將其連同敵意一同吐出。

「其三——我單純看妳不順眼。」

「原來如此，非邏輯性。」

貞德點點頭表示同意，她的薔薇色眼眸眨了數次。在那之後，貞德柔軟地——或許那是在是微笑——彎曲唇瓣。

「關於那個其一，你跟『拷問姬』應該已經分道揚鑣了吧？」
Mister

「嗯，沒錯。就算如此，我也不能侍奉別人。我被那傢伙召喚出來，成為了隨從。然後，我發誓要一直待在她身邊……就算分離，我的主人也只有那傢伙。」

「原來如此，是單單由心理層面的要素促成的決定嗎？既然如此，我無法理解也是合理。畢竟長久以來，我一直被評論為『缺乏心靈』……關於剩下的理由，是呢，用我的說法來表示會變長，所以恕我失禮地使用一般人的語氣——【狗屁不通】。」
Stray Sheep

櫂人不由得一驚。

面前這名少女的面貌仍然跟製作精巧的人偶一樣端整，唇瓣感覺起來甚至硬邦邦的，實在無法想像從那邊吐出了剛才的那句話。然而，她繼續說了下去。

「【少在那邊鬼扯一大堆雞毛蒜皮的小事喔，人渣小子。給我好好考慮狀況與力量差距再說話。想從搖籃重新開始人生嗎？不然就給我現在立刻滾進墳墓。】以上，失禮了。」

「這、這傢伙是怎樣啊？」

『恐怕是用市井小民當做普通會話的參考對象，而且他們口氣很惡劣的關係吧……溝通想法的方式雖然亂七八糟，但卓越的魔術師本來就有這種特質呢。』

低沉聲音朗朗響起。那本來只有櫂人聽得見的聲音，然而現在卻是從隔壁傳來。跟有時對弗拉德或是伊莉莎白說話一樣，如今「皇帝」刻意將自己的話語傳向所有人。

櫂人慌張地望去。不知不覺間，黑線不斷在虛空中編織。具光澤感的漆黑色漸漸讓充滿彈性的肌肉成形。那上面鋪了漂亮的毛皮。這次至高的獵犬選擇比普通黑狗還大兩圈的模樣現形。

全身抖了抖後，黑犬用酷似人類的聲音笑道：

『因為弗拉德跟伊莉莎白【喜歡說話過頭了】啊。那兩個傢伙是例外喔。』

「『皇帝』？你居然會主動出來，意思是事態就是到了這種地步嗎？」

『哈，因為再這樣下去，你有可能會不小心死掉。小心喔，吾不肖的主人。只要測量魔力就能輕易得知吧，這傢伙比你——遠比你還要強喔。』

「——哎呀，【狗狗】？」

貞德歪歪頭，用純真到詭異的口吻如此說道。她沉默了數秒，簡直像是機能停止似的。不久後，貞德砰的一聲讓拳頭與掌心互擊。

「我注意到符合的情報了。原來如此，這不就是『皇帝』嗎！雖然想大罵【本來就是你們害的吧，這群嘔吐物臭豬頭】，不過現在就先說聲貴安吧。這副姿態跟文獻所載一樣呢。」

『哈，即使不合禮儀，打招呼這種程度的禮節還是做得到嗎？吾這邊才是，想不到【機械神】(Deus ex machina)的使役者居然會出現在現代呢。』

「哎呀哎呀，居然連你(Mister)都無法預料，這下可是【稍微有點小失望】了。」

一人與一隻看起來和樂融融地交談。這段期間，櫂人感到戰慄。

他照「皇帝」所言，確認了貞德的魔力量。

（怎麼會……騙人的吧？）

方才因為處於混亂之中所以沒發現，不過少女擁有的魔力量可不是只有超越常人這種程度。她幾乎足以匹敵伊莉莎白。而且，與伊莉莎白那種宛如是薔薇棘刺般的銳利與不祥不同，貞德的魔力既氣派又冰冷。

是會吃人的假花。有著這種扭曲的印象。

與櫂人之間有明顯的實力差距。

（可是，不想辦法應付這傢伙，就沒辦法救出琉特他們。）

呻吟聲持續著。光就目視確認而論，似乎沒有人受到致命傷，不過丟著不管會有危險。

雖然像這樣心急，櫂人仍是為了突破僵局而詢問「皇帝」。

「『皇帝』，所謂的【機械神(Deus ex machina)】究竟是什麼？」

『嗯？是指藉由某種特殊召喚術叫出來的存在喔。』

「召喚術？」

預料之外的話語令櫂人瞇起眼睛。說到用召喚術叫出來的存在，他想到的就是謬爾茲的鳥型召喚獸。然而，它與【機械神(Deus ex machina)】的外觀實在是差太多了。

「皇帝」無視櫂人的疑惑，逕自點頭發出沉吟聲。

『伊莉莎白能無限制地呼喚出拷問器具吧？那是以自身魔力為觸媒，從上位世界裡拉出沒有形狀，本來也毫無價值且活生生的無名魔力。並且讓它以最適合伊莉莎白的形式暫時成形之物。所謂的召喚獸又是另當別論喔。不過，能否做到這件事，是不是有辦法將無形之物改變為適合用來攻擊的姿態，就會受到本人的資質左右。【機械神(Deus ex machina)】指的就是為了解除這種束縛，使用由某個瘋狂魔術師想出來的召喚術，藉此呼喚出來的存在。』

「皇帝」將烏黑柔亮的尾巴揮向扭曲的機械們。

的確，排列在那邊的一群東西，看起來明顯就只是為了戰鬥而造出來的存在。

『驅使【機械神(Deus ex machina)】與個人資質無關，它就是作為這種武力而被創造出來的技巧。不過，常態性地將其實體化會消耗龐大的魔力，幾乎就是慢性自殺裝置——如果是弗拉德那小子的話或許有辦法運用，不過他調查過一次後，就說【要維持很麻煩】而拋開這個念頭了。然而，那邊的小女孩卻以人類之軀運用自如。』

「雖然覺得好像被誇獎了，不過我這邊可還沒有展現身手喔。被你(Mister)冰封的那具確實也是【機械神(Deus ex machina)】——不過它只不過是從這些孩子身上收集碎片再造出來的尖兵罷了，並不是本體。」

她的話語令權人毛骨悚然。既然如此，本體究竟有多強大呢？眼前的貞德悠然自得地率領著它們。

「皇帝」將長尾巴指向她。他一邊嗤笑，一邊對自稱是新「拷問姬」的少女囁語。

『只有可能是吃下了惡魔的肉啊。』

「你說什麼？」

不得了的新情報突然出現。

櫂人大感愕然。那麼，意思是說眼前這名少女與伊莉莎白是同等的存在，自稱「拷問姬」真的是名符其實嗎？他因此陷入混亂。

自己至今為止的推測，與「皇帝」的斷言之間橫跨著矛盾，櫂人同時對這個矛盾產生了某種領悟。

跟伊莉莎白叫出的拷問器具一樣，【機械神(Deus ex machina)】確實與惡魔無關。然而，使用者的力量卻是藉由吞食惡魔之肉取得的。

（也就是說，虐殺這件事雖與惡魔無關，卻也有所牽連……嗯？）

就在此時，櫂人的思緒抵達了一個新的——恐怖的——疑問。

貞德吃了惡魔的肉，是何時的事不得而知。然而，十四具惡魔的契約者們看樣子並沒有掌握到她的存在。

如果某人將肉提供給這名少女，並且締結合作關係的話，被櫂人他們打倒前必定會向她求助才是。

（如果是這樣的話，這傢伙是吃了哪一隻惡魔的肉？）

就在櫂人像這樣感到戰慄的瞬間。

「那麼，你(Mister)就跟我走吧。」

貞德用小鳥鳴叫般的輕盈語調說道。

（「那麼」啥啊！）

櫂人連像這樣苦於理解的空檔都沒有。她用舞會上邀舞的調調，輕輕地將手掌伸向前方，宛如犯人般被繫在手腕上的鎖鍊嘩啦啦地搖動。

櫂人不解其意皺起眉毛，小雛單手拿著槍斧(Halberd)向前走出一步。

「櫂人大人應該拒絕了妳的胡言亂語才是。」

「哎呀呀～哎呀呀～哎呀呀～【還不懂嗎，慢郎中？】」你(Mister)

貞德驚訝地如此說道。她搖晃鎖鍊，將食指豎在嘴唇前方。

有如要將明顯至極的事實告訴小孩似的，貞德接著說道：

「我就告訴那邊的你(Mister)吧。其一，這邊的獸人們的性命掌握在我手中…………哎呀，頭痛了呢。只有一項。」

該不會是真心感到困擾吧，貞德垂下薔薇色眼眸，然而她卻一句「哎，算了」地放棄了。她用纖細手指比向琉特。

櫂人望向他。琉特一邊壓住受傷的腹部，一邊朝這邊回望。他搖了搖頭，那對眼睛正在訴說「不能走」。

琉特沒試圖向櫂人求助，他希望靠自身之力想辦法抵抗。

櫂人接著環視整個會議室，陸續傳回相同的反應。

所有獸人們都是這樣。

這樣就足夠了。

「小雛，放下槍斧(Halberd)吧……妳說要把我們帶去哪裡？」

櫂人將手放到小雛的肩膀上。微微點頭後，她降下槍斧(Halberd)的前端。

櫂人走向前方，將小雛護在身後。貞德有如在歌詠般回應提問。

「一般人(Stray Sheep)無人正確地掌握現況。不過，世界正危急萬分，而且整體狀況非常嚴重。就先請你親眼看一看吧。要說是為什麼嘛，因為那樣做比用講的快。你(Mister)是『皇帝』的契約者，而且也是用在『拷問姬』身上的重要釣餌，無論是否願意都得理解這一切才行。那麼，【給我快點過來，人渣小子】。」

櫂人默默無語，就這樣有了確信。要與貞德溝通，果然是近乎不可能的事。

（完全搞不懂她在說什麼。）

而且說到她本人，似乎是認為自己充分盡到了說明的義務。雖然面無表情，貞德卻還是用有些得意洋洋的表情再次向櫂人伸出單手。

他帶著小雛走向前方。然而，櫂人的腳卻在此時被抓住了。他猛然一驚望向下方。

琉特拚了命地試圖阻止櫂人。

「櫂人、大人……不可、以、過去……那傢伙腦袋……有問題……」

「抱歉，我也是摸不著頭緒，不過看樣子似乎是把你們拖下水了……只要貞德帶著我們離開這裡，就不用擔心非戰鬥人員會受到損害。你大聲叫治療師吧。」

「可是，這樣，你——」

「真的很抱歉。」

接著該說什麼呢，櫂人感到煩惱。琉特氣息紊亂地呼吸著，來回眺望刻畫在他側腹上的淒慘傷口與金眸後，櫂人接著說出率直話語。

「你們肯信賴我，我真的很開心。謝謝……要好好珍惜妻子喔。」

在最後留下這句話後，櫂人再次邁開步伐。

琉特拚命地抓住他的腳踝，銳利爪子撕裂黑衣下襬。然而，最終仍是放開了。琉特用力抓著地面試圖前進，然而他的身體卻沒有動。

無論怎麼掙扎，琉特都沒辦法追在櫂人的身後。

同時，他也沒有打算呼喚其他獸人。頑強的武人們已經被打倒了。為了不繼續出現犧牲者，琉特已經做了目送櫂人離去的選擇。即使如此，他仍是從丹田深處擠出並不大聲的低吼。

「嗚嗚嗚嗚嗚嗚嗚，唔咕嗚嗚嗚嗚嗚嗚嗚嗚嗚，咕嚕嗚嗚嗚嗚嗚嗚嗚嗚！」

櫂人握住貞德的手，她緊緊回握他的手掌。貞德用甚至會感受到天真氛圍的舉止，以及機械式的表情點點頭。

在不知不覺間，「皇帝」也移動至櫂人身邊。

【機械神（Deus ex machina）】圍在他們周圍。機械們用奇怪的動作——在櫂人與小雛、「皇帝」、以及貞德四周——兜起圈子。金色花瓣與白色羽毛沿著那道軌跡飛舞飄散，眩目的兩種色彩燒灼在場所有人的視野。

那是豪華又優雅，卻又隱約帶著冰冷印象的光景。

貞德在其中高聲說道：

「請放心！您（Mister）跟你（Mister）還有汝（Mister）都沒必要懊悔，也不需要嘆息！」

接著，「拷問姬」貞德・德・雷——

自稱要虐待奴隸救世，既是聖女又是賤貨的少女朗聲接著說道：

「————一切都是為了救世！」

金與白的光芒消失。

然後，櫂人與小雛離開了獸人之地。

琉特被留在原地的咆哮聲，伴隨著怒火與懊悔搖晃牆壁。

＊＊＊

其實此時，櫂人甚至做出會死的覺悟。

貞德的言行實在是太不安定了。不但全然不知她在思考什麼，甚至連目的都不明。從「用在【拷問姬】身上的重要釣餌」的這句話判斷，她確實有從櫂人身上看出一定程度的利用價值吧。然而，除此之外就什麼都不曉得了。

照這種感覺來看，就算轉移地點是空中也不值得吃驚。

小雛跟「皇帝」很會隨機應變。所以關於兩人櫂人並不特別擔心。然而說到自己的話，櫂人有信心說不定會死。

（不管發生什麼事，都得做好準備以便應付。）

他做好心理準備，加強至今為止的自我警惕。金色花瓣與白色光芒互相溶合，凝固成圓桶形。它有如被加熱的黃金般崩塌，漸漸灑落。

一反櫂人的擔憂，抵達的地點是正正經經的地面。

同時，他眼前也出現一片過度異樣的光景。

「————咦？」

兩座山脈垂直地聳立著，櫂人就在位於夾縫處的小村莊。

有如貼在狹窄土地上似的，左右兩旁密密麻麻地排滿鼠灰色建築物。建材似乎皆使用了從山脈表面切下來的岩石。每一戶看起來都很沉重，民宅因為胡亂增建之故互相壓迫扭曲變形，甚至造成一部分房屋的屋頂與牆壁因為隔壁棟建築的重量而瀕臨崩塌。

整體的印象像是被風吹而擠進角落的綿絮。

也就是說，是花費長時間集中在一起的窮鄉僻壤。

兩座山脈之間的距離，越向上就越是狹窄。因此光是站立在街道上，櫂人就會產生有某物從頭頂壓下的錯覺。日照不好射入，路上甚至不通風，只要來場流行病就完蛋了吧。就算用溢美之辭形容，也不能說這裡是適合人居住的土地。然而最異樣的地方不是城鎮的構造，而是在另一處。

所有民宅的牆壁上都釘著人的屍骸。

數不盡的人骨排列在櫂人面前。

他腦海裡浮現三種詞彙。

（——虐殺、活祭品。）

還有，拷問。

被釘在牆上的人骨，從手掌到肩窩，從腳背到大腿都釘滿了鐵樁。

屍體相當古老，肉也已經化去。即使如此，還是能從殘留在骨頭上的傷痕推測出除了鐵樁以外，還被施加了許多拷問。

直至喪命為止的苦悶，一定相當漫長又淒絕吧。

所有民宅的牆壁上都高高掛著這種屍骸。還有，用不著確認建築物內部，櫂人也能察覺到某個恐怖的事實。

（就算找尋生存者也沒用。）

整個村子已經死絕，被山脈夾在中間的小村子簡直像是一具棺材。

就在此時，櫂人茫然地思考。

（想起伊莉莎白的……「拷問姬」的故鄉啊。）

「你（Mister）也知道類似的地方吧？因為我跟她都是『拷問姬』。」

貞德再次浮現類似微笑的表情。她展開雙臂。手腕的鎖鍊嘩啦啦地發出聲響，貞德轉著圈。蜜色秀髮一邊釋出強烈光輝，一邊搖曳。

由於衣裳曝露度高，又有很多裝飾物之故，那副模樣看起來簡直像是舞孃似的。

「誠如你所知，為了讓『拷問姬』誕生，活祭品的痛苦必須要有相當的數量才行。伊莉莎白殺害人民，當成自己的犧牲品。我則是被奉上犧牲品，殺掉了他們。【意思就是這裡相同，但那裡不一樣】。」

櫂人皺起眉毛，他果然完全聽不懂。不過，就算無法理解，也隱隱約約地察覺到她想表達的內容。

這座村莊很像伊莉莎白的故鄉。然而，卻有一點大為不同。

聽不見怨嘆聲。

這裡也有許多人在拷問之後慘遭殺害。明明是這樣才對，卻無法從灰色村莊感受到黏答答的怨念。裹住周圍的空氣靜悄悄地。

（伊莉莎白殺害人民，當成自己的犧牲品……我則是被奉上犧牲品，殺掉了他們。）

櫂人在腦海裡反芻貞德的話語。這裡相同，但那裡不一樣。

也就是說，這座村莊的人們，主動成為了「拷問姬」的犧牲品。

（————究竟是為什麼？）

『叫出弗拉德，小鬼。這樣下去沒完沒了。』

「皇帝」如此沉吟，櫂人將視線望向他。四目相交後，「皇帝」冷哼一聲。

「你雖然扭曲，原本的形狀卻是正經的玻璃珠喔。不要得意忘形地認為自己可以好好地應付這個人。對付狂人，只要派出狂人就行了。」

「嗯，是呢。確實超出我的能力範圍了。」

點頭同意這個提議後，櫂人將魔力輸入口袋裡的石子。

蒼藍色薔薇花瓣與黑色羽毛飄散，這次的量略微低調些。弗拉德一如往常，優雅地從其中現身。他在空中蹺起修長的腿。

他的眼睛閃耀著孩子般的好奇心。連開場白都沒說，弗拉德就講了起來。

『真是耐人尋味，居然以人工方式試圖創造出【拷問姬】。雖不知是何人的點子，不過這獨創性還挺不賴的。雖然比起【作品】本身，我對【製作者】更感興趣就是了……創造妳的卓越狂人是誰呢？』

他流暢地扔出自己獨特的問題，與櫂人的疑問全然不同。貞德面無表情地比向一棟特別扭曲的建築物。彎曲的壁面上釘著用金飾妝點的人骨。

「嗯！」

『原來如此……想不到自己也已經殉教了，還真是徹底吶。也就是說，連之後的事都託付給妳了嗎？所以伊莉莎白與瀨名．櫂人——妳才會試著將這兩人收為隨從吶。』

面對孩子氣的回應，弗拉德「原來如此」的撫摸下巴。貞德點頭回應。對話似乎在兩人之間成立了，然而，就算站在旁邊聽也還是莫名其妙。

櫂人連忙詢問弗拉德。

「喂，等一下，弗拉德。你究竟理解了什麼，領悟了什麼呢？從我的角度來看，根本已經是一頭霧水了。這裡到底曾經有過什麼？她的目的是什麼？如果你有所掌握的話，就請你說明吧。」

『在那之前，我先講一個童話吧。』

「啥？」

連弗拉德都開始談起只能說是謎的話題。他本來就很奇怪了，不過是終於壞掉了嗎——櫂人真心煩惱了起來。另一方面，弗拉德本人則是宛如舞台上的演員般，展露了一個優雅的禮。

『你沒聽過嗎，【吾之後繼者（My Dear）】？不，你是出自異世界之人啊，聽過才奇怪……真頭大，居然一開始就受挫了。』

「別擅自受挫，回答我的問題。」

『很久很久以前，聖女讓神寄宿於現世肉身之上，達成世界的重整後消失了身影。就是在那之後的事。』

弗拉德無視櫂人的訴求，硬是接了下去。

他用傲慢至極又流暢的語氣編織話語。

『歷史悠久的鍊金術師一族，不知為何整群失蹤了。據說人類的魔術研究進度因此落後了百年以上。每個人都在搜索他們的行蹤，我也曾經有一陣子在追尋他們。根據公認最有力的情報，他們潛藏在亞人與獸人的領域邊界地帶——因為是友好種族之故，因此雙方的監視都很緩和的空白之地。』

「那地方又怎樣了？」

『這裡就是那裡。』

認為毫無意義的話語突然連繫在一起。

櫂人連忙環視山間的村莊。的確，這裡是連出入方式都受限的場所，很適合被稱為桃源鄉吧。然而，他們是為了何種目的而潛藏起來的呢。

弗拉德有如指揮家般移動手掌，指示周圍。他繼續說著童話。

『鍊金術師們長久潛伏於這片大地，應該是在尋找對抗某個目標的有效手段。然而，他們的最終結論卻是創造出【拷問姬】。以近親婚姻增加數量的一族，就這樣以支持她、讓她增加力量的祭品之姿，所有人都將自身獻給了【拷問姬】。』

「這究竟是——」

「——也就是說，武力是必須的嗎？」

在櫂人身旁，小雛不敢大意地擺出架勢如此開了口。

弗拉德有如初次察覺到其存在似的，將視線望向她。他露出意外的表情。弗拉德嘴邊洋溢著優雅又柔和的笑意。

『好回答，我造出來的破銅爛鐵也變優秀了呢。超越預測範圍的成長率，對魔術師而言是令人欣喜之事。還挺像人類的不是嗎？』

「既然連自身都當成活祭品奉獻出去，我認為這就表示並不是他們自己有敵人。他們將她養育成『拷問姬』，將與自己無關卻很不祥的『某物』戰鬥的道路託付給她……我知道同樣身為『拷問姬』的伊莉莎白大人的力量與命運，因此我有這種感覺。您覺得如何呢，櫂人大人？」

小雛屹然地無視弗拉德的無禮言辭，陳述自己的推測。櫂人望向貞德那邊。雖然不期望會得到回答，她卻微微點了頭。也就是說，小雛的推測似乎正確無誤。

同時，櫂人也感到一陣暈眩。

每曉得一件新的事實，就會增加另一個謎團。

（為了讓她與「某物」戰鬥而創造出「拷問姬」？連自身都當成活祭品，這股覺悟與信念也是相當了得。敵人究竟是誰？為了此事而讓少女吃下惡魔肉，然後讓她拷問自己這群人……不，等等。）

櫂人急忙對混亂的思緒踩剎車，他吐出先前感受到的疑惑。

「她究竟是吃了哪一隻惡魔的肉？」

「已經死掉的你（Mister），就算不知道這個答案也能猜出來吧？」

貞德有如催促般望向弗拉德那邊，他「嗯」地點了頭。

櫂人不由得凝視弗拉德，弗拉德用悄悄話的語調輕聲囁語。

『因為她吃下的肉，跟我吃的是同一隻惡魔的肉吧。』

跟貞德吃的東西一樣，也就是說。

（那個不是「皇帝」的肉……不，根本就不是這樣。）

「————是呢。」

糴人漸漸察覺到那個矛盾了。弗拉德是「皇帝」的契約者。因此，糴人至今都不曾懷疑過他從何處取得了惡魔的肉。然而，為了在沒有旁人幫助下召喚「皇帝」，就必須要吃其他惡魔的肉才行吧。

（話說回來，心高氣傲的「皇帝」不可能讓人吃自己的肉。）

得到足以維持生命的痛苦後，弗拉德選擇了指導者的道路，停止強化自身。因此他力有未逮，敗給了「拷問姬」。然而弗拉德也非常人。就像讓身為後繼者的伊莉莎白吃下惡魔肉一樣，他自己也採用了相同的方式吧。

既然如此，他究竟是吃了哪種惡魔的肉呢？

弗拉德深深地嗤笑。那是許久不曾見到、可說是邪惡化身的討厭表情。然後，其存在本身等同於惡魔的男人以甜美聲調喃喃道：

『我當時正在找尋召喚惡魔的方法，然後找到了最適合取得魔力的方式。有人將那個情報帶給我，經過商談後，對方將【惡魔肉】讓給了我。』

「對方是誰？」

櫂人用近乎脊髓反射般的速度如此詢問，他的眼底甚至閃過一片殺意。

（跟弗拉德一樣，只要沒有那傢伙，十四惡魔就不會蹂躪世界，「拷問姬」應該也沒必要戰鬥才對……不，在這種情況下她會因病而死吧。即使如此，即使如此也一樣！弗拉德的本體身受火刑而死去……不過那傢伙還活著嗎？）

如果說對方依然健在，那櫂人也有自己的想法。面對他激烈的反應，弗拉德更加深了笑意。然而下個瞬間，弗拉德卻用真的很像在演戲的動作聳聳肩。

他極傻眼地搖搖頭。

『真是的，想不到居然還沒察覺。不但如此，至今為止甚至沒有懷疑過！老實說我很吃驚呢！雖然我確實也什麼都沒說，不過想不到你居然遲鈍到這個地步。』

「少裝模作樣，快點把話……至今為止其至沒懷疑過？」

這種口氣讓櫂人為之一怯。也就是說，弗拉德在暗示對方是他的熟人。然而不論是轉生前或轉生後，櫂人認識的人類數量屈指可數。他拚命地思考。

（到底是誰……熟人中有那種傢伙——）

「————嗚！」

「……小雛？」

櫂人還沒想到符合的人選，小雛就先一步做出反應。知道是誰了嗎——他望向她。然而，櫂人卻無法開口詢問答案，因為小雛的臉龐變得極無血色。

怎麼會——那對唇瓣無聲地移動。

正是如此——弗拉德微笑。

『「肉販」有說過吧？只要是肉，不管哪種肉他都有在賣。』

6

崩壞與開幕

凝固成圓筒形的紅色，化為血滴降下。

血滴落盡後，伊莉莎白在自己城堡的地下室靜靜抬起頭。

她使用移動陣，從故鄉城鎮返回此處。

有霉味的地下通道裡響著類似呻吟的聲音。伊莉莎白在這種情境中邁步走向自己的寢室。她快步前進，扭曲歪斜的圖案自彩繪窗撒落在走廊上。

途中，伊莉莎白不由自主地皺眉。空氣莫名地有著煙臭味，其中甚至混雜著烤肉的香氣。果不其然，越是接近目的地，煙就變得越濃。

伊莉莎白一臉不悅地拉開寢室門扉。

裡面變成跟出門時一樣的慘狀。

不如說明顯比先前還要惡化。

火焰轟隆隆的在地板上燃燒。是從哪邊搬來乾柴的呢？「肉販」似乎是重新生了火。比之前用的還更堅固的三腳架圍繞在旁。

上面橫擺著鐵棒，串在鐵棒上的肉塊被炙烤著。就外表所見，這塊肉似乎還算是正常。

「肉販」轉動鐵棒，而且這次也華麗地撒下鹽。

就在此時，他發現了伊莉莎白。

「哦哦，歡迎回來，伊莉莎白大人！請您開心吧！哼哼，我『肉販』可是很機靈地準備了烤雞蛇當作晚餐喔！」

「……這樣啊。」

面對開朗的聲音，伊莉莎白用不像她的冷淡口吻做出回應。

她接近床鋪，然後立刻就這樣一頭栽向前方。伊莉莎白啪嘶一聲將臉埋進裝了羽毛的枕頭。把礙事的酒瓶推下地板上後，她閉上眼睛。

「肉販」一邊露出困惑表情，一邊回頭繼續調整火力。青春期還真棘手啊——他悄悄低喃。

營火啪滋啪滋燃燒的聲音持續著。從肉塊滴落的脂肪不時發出滋滋聲。

兩人默默無語地度過了好一會兒的時光。

不久後，伊莉莎白喃喃低語。

「……欸，『肉販』。關於你剛來這座城堡時。」

「哦哦，真是懷念呢！在我過來拜訪前，伊莉莎白大人對於要如何購物才好很頭痛呢……哎呀呀，我當時就覺得『拷問姬』大人也挺辛苦的喔。」

「是嗎？不知是何時，記得你說過『特地前來這種窮鄉僻壤做生意的肉販只要我一個就行了』。的確，你說的沒錯喔。」

「就是說啊，就是說啊。前來這種地方的人，果然只有我一個呢，哼哼。」

「肉販」自豪地挺起胸膛，他心情絕佳地緬懷過去。「肉販」氣勢十足地轉動被三腳架撐著的鐵棒，油脂再次發出滋滋聲滴落。

相對的，伊莉莎白則是繼續用低沉聲音詢問。

「那麼，為何你會突然造訪余的城堡呢？」

「嗯嗯？我總是一心一意開發客戶啊。我真是商人楷模啊。」

「就算對方是『拷問姬』你也毫不畏縮。即使面對余這個稀世大罪人也一樣。不只如此，你的態度甚至像在對待長年的顧客……關於你至今為止的行動也如此。面對與惡魔有關的事件，你還挺有膽量的。不如說看起來甚至很習慣。」

「哎呀，因為我從以前就比人……嗯？比亞人還要大膽一倍嘛。」

「欸，『肉販』。你……該不會過去也跟弗拉德交易過吧？」

「肉販」倏地沉默。

不自然的沉默持續了半晌。火焰啪嚓一聲爆開，油脂發出滋滋聲響滴落。

伊莉莎白用足以令人恐懼的淡泊語氣再次打開話題。

「——所以，你才毫不迷惘地造訪『拷問姬』的城堡。因為弗拉德被捕一事，以及之後的來龍去脈你都完美地掌握在手中。」

沒有回應。然而，不久後「肉販」咯咯笑道：

「唔，我試著努力地回想過，不過客人實在是很多呢。說到以前交易過的對象，我無論如何都無法記下每一個人的名字……」

「你賣了『什麼』給那傢伙？」

伊莉莎白一語駁回「肉販」的回答，她將逼向核心的問題硬生生地擺到他面前。

「肉販」再次沉默，只有營火啪嚓啪嚓的燃燒聲仍然持續著。「肉販」緩緩轉動鐵棒，肉塊烤得剛剛好。這一回他喀啦喀啦地磨碎黑胡椒調整味道。對完成的肉嗯地一聲點頭後，「肉販」回頭望向伊莉莎白。

兜帽內側像是奈落深淵般的暗闇，直勾勾地窺視她。

「……這是在說什麼呢？」

依舊無法看見他的表情，然而伊莉莎白卻用直覺察覺到這件事。

「肉販」正扭曲地嗤笑。

「『帶刺棘兔（刺滾輪）』！」

伊莉莎白大吼，紅色花瓣與黑色羽毛在半空中飛舞四散。大量嵌入大釘子的木製滾輪出現，它們有如要輾碎「肉販」般開始滾動。

他迅速地做出反應，「肉販」用以前也展露過數次的華麗動作避開拷問器具。

營火四散。火焰消失，肉被壓爛。

一切都泡湯了。

即使如此，「肉販」仍是在嗤笑。

他在深沉的黑闇另一側浮現深不見底的笑容。

＊＊＊

「喂，給我等一下。是『肉販』嗎？騙人的吧，那傢伙只是普通的亞人商人耶！」

櫂人歇斯底里地大叫。在他的腦海裡，早已見慣的斗蓬身影有如在抗議似的蹦蹦跳跳。

然而，櫂人的反駁卻讓弗拉德一副「真受不了」地聳了聳肩。

『就本質良善的人類的想法而論，這一點其實很正確就是了，【吾之後繼者（My Dear）】。真要說起來的話，在主動前來【拷問姬】的城堡做生意的那個時間點上，他就已經可以說是十二分地異常了。以前【皇帝】也有這樣說過，一直那麼老實的話早晚會死喔，你差不多也該學乖了。』

弗拉德再次浮現討厭的笑容。

他用裹著白手套的手指輕撫自己的臉頰。

『與惡魔有關係的這個世界裡，沒有多少值得信賴的人吧。』

權人在陌生小鎮的中心處感到深度暈眩。無數屍骸的臉龐看起來像是在嘲笑似的扭曲著。冷靜下來——他如此心想輕輕壓住額頭。

至今為止發生的事閃過他的腦海。

（的確，就一名普通商人而論，『肉販』長於武力。）

他是擁有謎樣經歷之人，而且也不知畏懼，甚至擁有龍座騎。

他究竟是何方神聖呢——權人跟伊莉莎白都曾數度感到疑惑。然而，不論身上有多麼奇妙怪異之處，在「肉販」這個男人身上看起來卻是不可思議地自然。

至今為止，「肉販」曾經用他獨特的愉快調調幫助權人無數次。

（不過，【肉販】確實也這樣說過。）

『如果您有想要的【肉】，只要那是【肉】，無論是何物我都會弄來給您，如有需求還請盡量吩咐。』

惡魔之肉是否也包含在內呢？

櫂人感到腳邊的立足點漸漸崩塌。

（意思是說在我拚命戰鬥時，背地裡還隱藏了某物嗎？）

自從新的「拷問姬」登場後，一切都變得奇怪了。

感覺起來簡直像是從基礎破壞舞台似的。下方就是奈落深淵，而且深處的東西還看不見。對櫂人而言，甚至不知是否真的應該把那東西映入眼簾。

「那麼，我再重複一次。侍奉我吧，瀨名．櫂人。一切都是為了救世。」

（究竟是「那麼」啥啊！）

櫂人六神無主，就這樣在心裡大吼。他用有些空洞的眼瞳望向貞德。

金色的「拷問姬」突然出現，自稱既是賤貨又是聖女的女孩堂堂正正地挺起胸膛。

救世，救世——她如此重複。

令人欽佩的是，同時也是聖女的少女似乎打算拯救世界。

櫂人在這點感受到強烈的焦躁感與疑惑。

所謂的救世究竟是什麼。話說回來，為何有必要救世呢？

「為什麼侍奉妳是為了救世？十四惡魔全部都殺光了。是我跟『拷問姬』伊莉莎白．雷．法紐在眾多犧牲後所打倒的！人類已經沒有威脅了。妳究竟是為了跟何物戰鬥而被創造出來，又為何事到如今才被放到這世上！」

「【還沒結束喔，笨——蛋。一切才正要開始啊，無知的丑角小子（Hanged man）。】」

面對打從心底發出的提問，回應的是口無遮攔的嘲諷。

櫂人瞪大眼睛。然而，強烈的焦慮反而讓那股激昂的情感鎮靜下來。他收起反駁。櫂人順從地等待貞德後續的話語。

她弄響手腕的鎖鍊，豎起食指。

有如在講悄悄話，貞德將食指抵向唇瓣。

「接下來才要開幕——不如說，你們兩位（Lovers）點燃了導火線。」

櫂人與伊莉莎白並非戀人關係。然而像這樣比喻兩人後，貞德展開雙臂。她面無表情，就這樣宛如擁抱一切似的轉圈。

在被死亡支配的村莊裡，貞德堂堂正正地宣言。

「十四只棋子順利地被破壞了。不過，棋盤也出現大裂縫。看見汙穢傷痕的一部分人類會想些什麼，希望些什麼，企圖些什麼——問題就出在這裡。」

貞德的話語仍是難以理解。然而，她宛如偉大預言家般繼續說道：

「這樣下去的話，世界會『按照預定』毀滅吧。」

與微笑一同撂下此言後，貞德再次張開唇瓣。她難得打算要追加解釋。不過，貞德突然停止說話，接著彈響手指。

——啪嘰！

——唔咕嚕？

「機械神（Deus ex machina）」之中，只出獠牙構成全身的野獸抬起頭。

簡直像將親生孩子送出去般，貞德溫柔地囁語。

「嗯，『我的第一架（潘達斯奈基）』，去吧。」

野獸瞬間踹地，石板地被踏裂。

野獸一邊弄傷它接觸的所有物體，一邊奔馳。在它的皮膚上，同時擔任肌肉與骨頭的獠牙激烈地晃著波浪。既是個體、也是群體的「第一架」閃著複雜的銀色光輝。看起來簡直像是無數小魚一邊維持野獸外形一邊游泳。

野獸踹擊牆壁，粉碎人骨，高高地躍起。

它咬上正要從民宅背後出現的影子。喀嚓一聲，堅硬聲音響起。

第一擊被金屬手甲所阻，對手穿著白銀鎧甲。然而，形成野獸臉龐的獠牙從表面脫離，開始自由自在地飛舞。獠牙陸續插入鎧甲關節部位的隙縫。

沉悶的悲鳴聲響起，大量血花滴落至石板鋪面上。

向後仰倒的鎧甲胸前繪著白百合紋章

確認完對手的模樣後，櫂人發出疑惑的聲音。

「————聖騎士？」

沒想到追兵居然會來到這個地方，就算是櫂人也動搖了。然而，貞德卻搖搖頭否定他的想法。

「聖騎士他們並不是追著你（Mister）過來的。他們追蹤的對象，是我。」

「妳？等一下，聖騎士他們對貞德……另一名『拷問姬』的情報有所掌握嗎？」

「嗯。話雖如此，正確地說也只是聖騎士中的極少部分，以及隸屬教會高層某派閥麾下的人罷了。要講得更正確的話，也可以說是我害你被教會誘導至此地。」

「————啥啊？」

櫂人發出驚愕聲音，說到底他應該是主動造訪獸人之地才對。

在櫂人前方，聖騎士一邊強忍痛楚，一邊拔出長劍。他用劍柄試圖擊落咬上來的野獸。

大概是對這陣反抗感到不悅，或是判斷現況很沒效率，「第一架（潘達斯奈基）」從聖騎士那邊脫離。它讓全身打著波浪，一邊著地。

那東西發出咆哮，有如子彈般擊出表面的獠牙。

聖騎士難看地揮舞長劍，然而，不可能藉由這種方式完全擋下散彈狀的攻擊。獠牙陸續刺入兜甲與關節的縫隙中。鮮血大量溢出，道路被淒慘地染紅。

貞德沒對這副光景動搖，淡淡地喃道：

「雖然晚了一步，不過先解開一個誤會吧。殘酷地殺害獸人並不是我幹的好事，痛苦在吾之村莊就已經收集完了。【而且那種骯髒的解體方式鬼才會去做咧】。」

「是嗎！那麼，出現在村子裡的機械是——」

「那是為了測試你(Mister)的力量才放出去的東西。雖然你(Mister)輸掉的話我打算殺掉你(Mister)就是了。哎，不過你(Mister)勉強合格嘍。【真的是低空飛過！低空飛過！】。」

櫂人不由得呆住了。總之輸掉的話，自己似乎會被殺死。

貞德毫不內疚，就這樣追加與虐殺犯有關的新情報。

「追蹤者們掌握到展開旅程的我試圖跟你(Mister)接觸的事實，再加上他們自己也需要痛苦，因此才侵入獸人的領域製造虐殺，刺激微雅媞，故意流出【伯爵】戰的資料。就這樣，你從人類之地被誘導至此。如此一來，教會其他派閥的眼線就看不見了。另外，他們也預料到我會為了解釋事態而帶你前來這裡——順利的話，就能在檯面下將你我二人殺掉。他們就是這樣策劃的吧。」

「等一下，如果跟妳說的一樣……意思就是獸人虐殺犯是人類，而且還是教會那群傢伙？」

櫂人感到臉色發白全身冰冷。就算實行犯只是教會中的一個派閥，一旦琉特或是薇雅媞得知這事實仍是無法避免戰爭。然而貞德卻搖了搖頭。

「能不能說『犯人是人類』這一點很微妙呢。你(Mister)也判斷村子裡的慘狀不可能是人類所為吧？這是正確答案，畢竟——」

就在此時，櫂人察覺到某個事實。

聖騎士與野獸之戰，漸漸演變成異樣的展開。聖騎士毫不在意傷勢開始揮起長劍。仔細一看，深陷鎧甲關節部分的獠牙，開始一根根地從肌肉裡面被推出來。獠牙一邊牽出血絲，一邊喀啦喀啦落至地面。

「————————因為眾虐殺犯已經完成變形了。」

「第一架(潘達斯奈基)」發出警戒的低吼。它高高舉起鋼鐵色的頭部發出咆哮。就櫂人的世界而論，它有如機關槍掃射般從全身釋出無數獠牙。

聖騎士正面挨下這一招。然而，就算在眼球被擊潰、一部分肌膚被刺滿獠牙，他仍然在這種狀態下高高揮起長劍，然後準確地扔出。使出渾身之力的一擊擊穿野獸的腹部。

野獸因為衝擊而變得四分五裂。然而散落一地的獠牙立刻取回原本的形態。「第一架(潘達斯奈基)」

重整態勢，在它前方，聖騎士已完全停止出血。定睛一看，只見他的肉異樣地膨脹。醜陋的桃紅色掩蓋傷口，從鎧甲縫隙間溢出。

那不是會發生在人體上的變化，駭人程度令櫂人啞口無言。

（這真的還算是人類嗎？）

看那副模樣，連像這樣做出判斷都有難度。

「第一架」與聖騎士互相瞪視。就在此時，詭異聲音喀嚓、喀嚓地連續響起。

白銀鎧甲們陸續現身。然而，他們的樣子很奇怪。連同先前掃開野獸的那個人在內，所有人都從兜甲裡內側低聲地發出呻吟。其中有一人忽然望向櫂人這邊。

「嗚……咕……啊啊……啊啊啊啊啊啊啊啊啊啊啊啊啊啊啊啊！」

將呻吟變成咆哮，聖騎士朝這邊突進。

小雛瞬間來到櫂人面前。她銳利地踏出步伐，同時揮下槍斧（Halberd）。

「不准靠近我心愛的丈夫，賤種！」

對上的聖騎士從下方向上揮劍，描繪出大動作揮擊軌跡的兩把利刃猛烈地互撞。

火花華麗地發出，同時再度發生了不可能的事情。

「————嗚！」

小雛將槍斧（Halberd）「向下揮」，聖騎士則是將長劍「向上斬」。

兩者間有著體勢與攻擊距離這兩層差距。然而，聖騎士卻無視所有不利條件擋下小雛的一擊。這不是以他們原有之力所能做到的技巧。

雖然感到困惑，櫂人仍是極力保持冷靜彈響手指。

「──────飛舞吧。」

空中飛來利刃，逼向聖騎士的側腹。然而，調整力道不奪去性命的這一擊，卻被其他白銀鎧甲彈開。新的聖騎士光靠臂力就阻止了利刃。

他在利刃再次被櫂人操控前就將其扔開，利刃唰的一聲埋進路面。

小雛跟聖騎士將彼此推離。拉開距離後，她提高警戒繃緊神經。

櫂人咬住唇瓣。方才的一擊他手下留情了。話雖如此，只靠臂力就擋下不是普通人做得到的事。換言之，不是做到就值得高興的事。

「是怎樣啊，這些傢伙……明明有著聖騎士的模樣，卻不是正經的人類嗎？」

「我就問你一件事吧──有確實確認『君主』的下場嗎？」

意想不到的問題從貞德那邊飛過來。在這段期間內，【第一架】飛至擋下櫂人利刃的聖騎士面前。它自然而然地接替櫂人戰鬥。

櫂人正要回應貞德的問題，卻又閉上嘴巴。他在拷問之後殺害了「君主」。櫂人確實切斷因激痛而苦喊的惡魔脖子。然而，要如此斷言卻又感到有某處不對勁。就在此時，他電擊般地想起某個事實。

（死亡後，惡魔會崩潰，變成黑色羽毛。）

櫂人沒見證到「君主」的屍骸變化。

「呃，不。我雖然斬下了腦袋，卻沒有確認臨死前的變化。」

「【果然如此嘛，你這個狗屎白痴小子大笨蛋(The Fool)！】就算被斷頭台砍斷腦袋，人類在數秒之間還是不會死。如果是惡魔的話就要花更多時間。有人將頭接上去，讓他活了下去……另外，我偷看過教會的資料，裡面也有你(Mister)拷問『君主』增加力量的事。回復的術式也遺留在現場嗎？」

「嗯……正是如此。」

貞德的指正無誤。櫂人把用過的術式留在牢籠下方。教會厭惡黑魔術，所以櫂人判斷隔天就會被消除，然而她卻否定了這個看法。

「那個術式可以重複利用。削除痛苦還原給你(Mister)的這個部分，只留下可以用來回復的地方。如此一來，就完成了用來不斷從『君主』身上切下肉的魔術式。【只要這樣做，『君主』也是方便好用的『家畜』啊！是了不起的公豬！】」

「有如家畜般切下惡魔的肉——然後，該不會是！」

「【正是如此——用來吃喔。】」

貞德簡潔地撂下話語。

她弄響手腕的鎖鍊，比向跟小雛互擊的聖騎士。

「——這群人就是被餵食了那些肉。」

權人有如被電擊般，將視線移向聖騎士們。

他們的臉龐被兜甲隱藏著，不曉得其中是否也有伊莎貝拉部隊裡那些權人認識的人。只不過，還是可以輕易看出他們的精神並不正常。

從兜甲縫隙間露出的眼睛瘋狂地充著血，口中不斷溢出紅色泡泡。

權人反芻貞德方才的話語。

（他們需要痛苦。）

「惡魔肉有其適用量。而且為了讓人體可以承受，得等待好幾年讓它紮根才行。然而，他們卻被餵下了雙倍以上的量。現在這些聖騎士們成為尋求他人痛苦，藉此緩和自身痛苦的兵器呢。【別名就是棄子(Pawn)啊】。」

因此，聖騎士們才會毫不猶豫地完成虐殺。

權人回想被吊起來的屍骸。正如他所推測，那只是淡淡地完成了取得痛苦的作業流程。同時，正如弗拉德所言，指定虐殺場所那一方的人類，無疑也會追尋娛樂上的變化。

（就某種意義而論，那確實是惡魔的所作所為，而且果然不是惡魔，而是人類害的。）

「我沒想到事情會變成這樣。」

「感到必須負責不但不合邏輯，而且這件事也沒意義喔。你這個好好先生(Mister)。的確，你是一個【無可救藥的屁眼小子(Mister)】，然而末世是很容易發生這種狀況的。」

貞德微微聳肩，權人用力握緊拳頭。

在這段期間內，小雛也開始壓制聖騎士。如今的她，動真格地揮舞著槍斧（Halberd）。聖騎士退向後方，就像要逃離猛烈的連擊。小雛用看似野獸的姿勢低喃。

「別小看我的愛——再前進就等同於死亡。」

與「第一架（潘達斯奈基）」戰鬥的人同樣後退了。然而，異貌聖騎士們似乎並沒有放棄。在後方待命的人員中新加入了五人，看樣子似乎是打算倚多為勝。

櫂人與小雛再次擺出架勢。「皇帝」發出冷哼沒有動作，弗拉德蹺起腿。

就在此時，貞德慵懶地下令。

「【我的第一架（潘達斯奈基）】、【我的第二架（高康大）】、【我的第三架（傑伯沃基）】、【我的第四架（龐大固埃）】——去拖住他們。」

只以獠牙打造的野獸。雖然看似人類，骨骼卻有著致命性歪斜的自動人偶。

擁有玻璃製巨翼、以及管製四肢的蜥蜴。完全沒有任何接縫的雙足步行鎧甲。

它們以一絲不紊的動作來到前方。

瞬間，銀色軌跡在櫂人的視野中奔馳而出。

「金屬塊」出現在聖騎士們前方。就算目睹全貌，櫂人仍是無法理解它的真實面貌。它的存在大概超越了人類所能理解的範疇。

（這傢伙是……怎樣啊？）

它很硬，又柔軟。既是利刃，也是盾牌。是子彈，同時也是飛翼。而且巨大又扭曲歪斜。它讓全身以直線性或是曲線性地蠕動，一個一個處理掉敵人。

櫂人漸漸察覺到它的真面目。

（「機械神(Deus ex machina)」分解各自的軀體，自由自在地組合零件——化為嶄新的生物。）

正如同用「神」來表示一般，它們原本就是以整頭為單位的武器。它讓觸手般的金屬帶變硬，柔軟地竄出有如突擊槍(Lance)般的圓錐。它們使用與形狀矛盾的動作，進行與人類預測相左的攻擊。每攻擊一次，聖騎士們的手與腳就會連同白銀鎧甲一同被斬飛。

無數人類四肢在半空中飛舞。就某種意義而論，那是極滑稽的光景。

聖騎士們是否自願吃下惡魔的肉，此事不得而知。櫂人如此心想試圖阻止慘劇，卻又把話吞了回去。在他眼前，聖騎士們的傷口開始沸騰。

桃紅色的肉醜陋地啵啵啵冒泡膨脹，那些肉形成手跟腳的形狀。

一人彈飛面甲，在那下方的臉龐裸露而出。

「咕、啵啵啵啵啵啵、啵啵啵啵啵啵啵啵啵啵啵啵啵啵啵啵啵！」

他的眼球幾乎翻到後腦勺，肥大化的嘴唇好像隨時會破裂。化為臉龐浮現血管的慘狀，就像有網眼覆蓋的果實似的。

已經沒辦法在留有一命的情況下拯救對方了吧。

在像是地獄的光景之中，貞德淡淡述說。

「他們吃了『君主』的肉。那麼，我跟弗拉德又是吃了什麼的肉呢？你也用過小蒼蠅(Mister)振翅般的聲音【意思就是說吵死了】問過我，而且也有必要提及此事，所以就來談一談吧。與其這樣講，不如說就讓我展現給你看。因為有其必要性，所以我會這樣做。畢竟這裡實在是【麻煩得要命啊】。」

如此說道後，貞德聳聳肩。

就在「機械神（Deus ex machina）」單方面地持續蹂躪時，她背對這場戰鬥。

貞德搖曳蜜色秀髮，用跳舞般的步伐前進。她接近裝飾在牆上的一具屍骸，那是先前貞德面對弗拉德的問題而伸手一指的屍體。只有那具骨骸用黃金裝飾，就算在鍊金術師之中，那名人物也具有相當程度的地位吧。

貞德將手伸向在頸飾上發出光輝的薔薇色寶珠。

「【毀掉一切吧（The End）】。」

喀嚓一聲，堅硬聲音響起。貞德居然空手捏扁了石頭。

薔薇色碎片朝四周飛散，成為信號。

有如某種把手被拉下似的，整座城鎮開始激烈地搖晃。

櫂人無法站立而失去平衡，小雛立刻踹向地面伸出手臂。有如半緊擁，她溫柔卻確實地撐住櫂人。

「櫂人大人，請用手臂攬住我。」

「嗯，抱歉。」

戀人們緊緊相擁。就在他們像這樣忍受之際，搖晃變得更加激烈。

天與地，上下震動著。

簡直像是世界末日來臨。

弗拉德難得用打從心底欽佩的模樣，沒被噪音抹消地大聲讚美。

『哦？不但很大手筆，而且還有計算過嘛！居然是毀掉整座小鎮的陷阱！』

櫂人順著他的視線望向前方。定睛一看，兩座山的山麓正接二連三地爆出紅光。看樣子樹林與岩場的背後似乎是埋入了魔法陣。無數眩目光芒接連削除山的表面，一邊藉由相互干涉增加力量，一邊各自衝向山頂。

轟音發出，巨大爆炸同時產生。兩座山頂宛如挨到落雷似的崩塌。

結果，大量落石朝山間小村灑落。

「抱歉，小雛！拜託我的妳閃避！」

「這是當然的！我必定會守護您！」

小雛迅速地抱起櫂人。她用看起來也像是舞蹈般的腳步一一避開危險的巨石。櫂人則是用獸臂揮落小石頭。

聖騎士之一被擊潰了。

「機械神（Deus ex machina）」用金屬製手臂，輕而易舉地粉碎岩石。「皇帝」也懶洋洋地咬碎一塊石頭。

身為幻影的弗拉德聳聳肩後，啪的一聲消失了。

而說到貞德，她只是望著天空。

她仰望天空，就像在眺望雨水烙下。

岩石隨意且平等地灑落在每個人頭上。

就像是某種天譴。

宛如觸怒神明，鍊金術師們的桃源鄉漸漸被壓潰。然而，做出這個選擇的不是別人，就是他們之中唯一殘留下來的女孩。

「來吧，差不多是時候了。」

貞德突然動了起來。在漸漸毀滅的故鄉中，她嘩啦啦地弄響手腕的鎖鍊。貞德優雅地開始跳舞，「機械神（Deus ex machina）」朝她身邊接近。

它們解除了融合姿態，四架機械加入舞蹈之中，跳著圓舞，有如在讚頌貞德。魔力聚集在那中心，金色花瓣開始飛舞。

「櫂人大人！」

「嗯，趕快！」

櫂人與小雛連忙飛身衝進圓圈裡，「皇帝」跟隨在後。聖騎士們也衝了過來。然而，他們卻被黃金花瓣與白色羽毛構成的牆壁擋下。

移動陣留下異貌化的聖騎士們，毫無慈悲地發動。

貞德毫不在乎他們的咆哮，就這樣淡淡低喃。

「繼續剛才被中斷的話吧。我們吃的惡魔肉，是打哪裡來的呢？只要進入現在被放棄的王都地下陵寢就一目了然。就在那邊——」

視野被華美卻冰冷的光芒埋盡。

他們遠離了漸漸毀滅的村莊。

貞德一副想要說「好好期待吧」的模樣接著說道：

「展現你們（Stray Sheep）所不知道的，真正的惡夢吧。」

7 他與她的

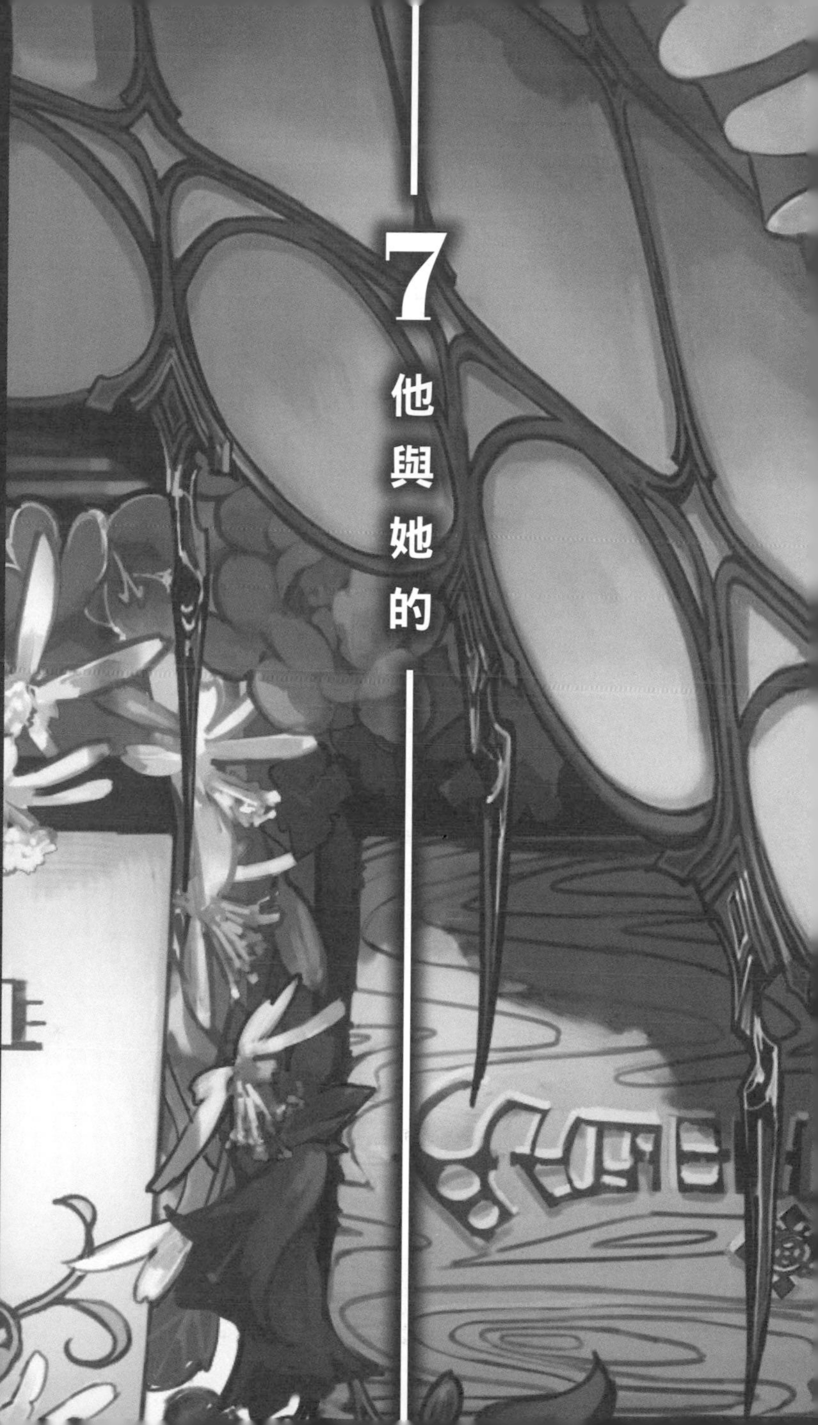

「肉販」高高躍起。他緊貼牆壁，躲過伊莉莎白的第一擊。

「帶刺棘兔（刺滾輪）」空虛地削去地板，就要撞破門扉。在那之前伊莉莎白彈響手指，拷問器具變回紅色花瓣與暗闇。

「——嘖，別給余到處亂動啊！」

她已經掌握「肉販」的高度迴避能力。伊莉莎白沒有大意，再次做出花瓣與暗闇漩渦。她從那裡面抽出刻著紅色文字的劍。

「弗蘭肯塔爾斬首用劍（Frankenthal Executioner's Sword）！」

伊莉莎白高聲叫出劍名，刻劃在刀身上的文字發出光輝。

「肉販」用含帶奇妙笑意的語調讀出那些文字。

「『從事此等行為之際，就讓妳自由行動吧。願神成為妳的救世主。不論是起始或是過程跟終結，均在神的掌握之中。』——是這樣子的吧？」

那道聲音中也隱含著嘲諷。

伊莉莎白沒有回應，將劍尖指向他。無數條鎖練憑空而生。

「肉販」不慌亂也不吵鬧，只是咚的一聲踹向牆壁。鎖鍊有如多頭蛇般猛然逼向他。在怒濤的攻擊之中，「肉販」如同貓一般彎曲身體，一邊迴轉一邊落下。

那看起來是不經大腦思考的動作。鎖鍊從「肉販」的頭頂、側腹附近一一掠過。然而，「肉販」卻從所有鎖鍊之間穿梭而過，啪噠一聲平安無事的在地板著地。

那是宛如馬戲團雜耍般的完美閃躲方式。

伊莉莎白彈響手指，沒對這個動作發出任何稱讚。

「『水刑椅（Ducking Stool）』！」

「哦哦！」

地板上長出椅子，「肉販」的屁股被它的椅面撈起。在那瞬間，椅背與扶手生出皮帶。他全身都被束縛住，同時，腳邊的地板以四邊形的形狀消失了。

洞穴裡面盈滿漂浮著紅色花瓣的水。

嘩啦啦啦啦啦啦啦啦啦啦啦啦啦啦啦！

「肉販」發出華麗聲響沉入水中。

泡泡噗噗噗地浮起數次，然而水面立刻變得寂靜無聲。

「肉販」看起來並沒有胡亂掙扎。

「——唔。」

伊莉莎白感到很可疑，因此彈響手指。鎖鍊發出喀啦喀啦的聲音向上拉。椅子是空的，

「肉販」的身影不在那上面。

「之前我也說過，在脖子剛被吊起時就在衣服裡面上下反轉身軀這種小事，身為『肉販』不會做是不行的呢。只要活得久，解縛術就會變厲害喔。」

伊莉莎白身旁傳來戲謔的聲音，她將臉龐望向床鋪的另一頭。在不知不覺間，「肉販」坐在那兒，他悠哉地抖著腳。

伊莉莎白目不轉睛地觀察「肉販」的模樣。如今，要用劍狠擊下去是易如反掌之事。然而就算這樣做，能斬掉的恐怕也只有床鋪。

（重複徒勞之舉也沒用吧。）

伊莉莎白暫時停止行使武力的舉動。她自己也重新坐上床鋪，與「肉販」面對面。他一如往常，用像是在談天般的輕鬆語調接著說道：

「我說過好幾次，只要活得久，真的會遇到各式各樣的事情喔。像是設立第一家公會啦，展開一場跟『虹之卵（Mana Egg）』有關的大冒險啦，率領五千多名部下啦，或是在愛龍們身上畫畫之類的。」

「是你平時的鬼扯嗎？」

「如果我說那些事全部都是真的，您會怎麼辦呢，伊莉莎白大人？」

「肉販」歪頭如此說道。伊莉莎白目不轉睛地凝視他。

「肉販」從兜帽深處的暗闇觀察她的反應，伊莉莎白沒做出回應。「肉販」更近一步地喃喃落下話語。

「如果說——我從聖女結束使命沉眠前，就一直活著的話——您打算怎麼做呢，伊莉莎白大人？」

「只是這樣的話，余什麼都不會做喔。余只在意你是不是余的敵人。」

「您在說什麼呢，伊莉莎白大人！我才不是您的敵人喔！」

「肉販」蹦蹦跳跳地如此說道，他用一如往常的態度表示抗議。

「我不是某個人的敵人，而是世上所有生者的敵人！而且，也是商人。」

伊莉莎白蹺起腿，將手肘放在上面撐住臉頰。她狠狠瞪視「肉販」。

與充滿危險氣息的宣言完全相反，「肉販」不知為何用甚至滲出慈愛的語調接著說道：

「不只是人類，各方生靈都是我的敵人，也是客人。我便是為此而生，為此而存活至今。我毫無虛言，打從心底為了他們工作至今。『一切都是為了顧客（ALL FOR YOU）』。那真的是很幸福的日子喲。正是因為如此，我比任何人都清楚。」

「肉販」搖晃著被鱗片裝飾著的短腿，他有些哀愁地低喃。

「不論是起始或是過程跟終結，均在神的掌握之中。』，世界就是這個樣子喔。」

「是嗎——這件事講起來也挺絕望的呢。」

伊莉莎白喃喃低語。她吐出嘆息，將背部向後仰。伊莉莎白悠然地換蹺另一隻美腿。然後，她若無其事地彈響手指。

「因為余最討厭神了——『蟲穴（Hell Hole）』。」

伊莉莎白同時跳躍。在那之後，只有「肉販」被留在原地。

「——咦？」

寢室搖晃，整個房間的地板崩落。依舊壞掉的百葉窗、衣櫃、床鋪、都被吞沒至研缽狀洞穴的底部。在裡面的異形蟲子們發出歡呼聲。

伊莉莎白吊在刺進天花板的劍上逃過一劫。她抬起臉龐望向前方，「肉販」果然也平安無事。他靈巧地貼在天花板上。不合時宜的是，「肉販」用可以加上「生氣氣」這種擬似音的模樣發著火。

「這樣不會很狡猾嗎！難得人家正正經經地在講話，請不要沒有慈悲心又毫無情緒地試圖撲殺我好嗎！這樣可是違反約定成俗的慣例喔！」

「這種事余才不管。以弗拉德為首，說話時意有所指的傢伙余都最討厭了，還有——」

「還有？」

「『吊籠（Gibbet）』。」

伊莉莎白輕輕彈響手指。

她用單臂吊在劍上面，就這樣毫不留情地多重展開拷問器具。

「哎呀呀？」

暗闇與紅色花瓣細長地縱向圍住「肉販」四周。人類直立才能勉強進入的狹窄籠子出現了，「肉販」喀嚓一聲被關入其中。

伊莉莎白彈響手指消除「蟲穴」，她優雅地在回復原狀的地板上著地。

「肉販」仍然被關在籠子裡，他「唔唔」地輕撫自己的下巴。

「居然多重展開，這也太帥氣了吧。唔唔唔，想不到我『肉販』居然會成為籠中鳥……嗯？該不會我現在像是被囚禁的公主吧？」

「事到如今少開玩笑，『肉販』啊。為何你將惡魔肉賣給弗拉德，而那塊肉又是從何得來的。把你知道的事，所圖之事，還有余會想問的事全盤吐出。」

「唔，不愧是伊莉莎白大人。愚鈍的隨從大人不可能提出這種毫無贅詞的發問。」

「不然的話，就輪到長槍跟針出場了。」

伊莉莎白彈響手指，暗闇與紅色花瓣再次爆開。籠子周圍被無數利針圍住，它們的銳利度可是貨真價實。「拷問姬」用寒若冰霜的表情囁語。

「痛苦就是快樂，悲鳴即是悅樂——你也是知道的吧？這可是余擅長的領域。」

「是啊……既然如此，我覺得您可移駕王都的地下陸寢一趟喔。因為差不多是各種事情浮現檯面的時候了。」

「肉販」做出曖昧的回答。其語調雖然悠哉，卻很認真，沒有開玩笑的模樣。然而說到答案的內容，卻全然欠缺具體性。

伊莉莎白皺眉。「肉販」面對利針也毫無懼色，沉穩地把話說下去。

「這是好久好久以前就一直延續下來的無聊童話。有人為了此時而行動，也有人為了防止此時而行動至今。我是前者。身為後者的那些人類，差不多也在這個時機展開正式行動了。去吧，伊莉莎白大人。」

「肉販」用對孩子說話的口吻如此述說。他略微收起下巴，就像看見耀眼之人似的。在即將被拷問的狀態下，「肉販」宛如引退老兵般沉穩地接著說道：

「其實啊，對我來說您是預料之外的存在。正如我平時所說，人與惡魔的戰鬥我真的不感興趣。反正結果是不會改變的。故事以十四悲劇起始，應該要迎接最惡劣的最後一幕才對，我根本連想都沒想過會有人反抗。愚鈍的隨從大人也是如此。就整體而言您們的故事雖小，但或許會產生很重要的影響……在這之後，世界會如何演變還是未知數喔。」

「……你胡說八道了很多話喔，再說得更具體一點。」

伊莉莎白正要彈響手指。

就在此時，背後的門扉開啟。在這種情況下響起雖然正經八百，卻也可以說是很悠哉的聲音。

「失禮了，伊莉莎白大人在這裡……哎、哎呀？」

「伊莎貝拉？」

對突如其來的來訪者感到吃驚，伊莉莎白回過頭。

那兒站著一名有著藍紫二色雙眸與銀髮的美貌聖騎士。她的肌膚上刻劃著許多醜陋傷痕，那副模樣簡直像是全身的肉從內側裂開似的。

伊莎貝拉有如感到困擾似的扭曲裂傷雖然顯眼，卻仍然美麗的臉龐。

「我有情報與命令要傳達給閣下……突然造訪雖然失禮，不過這是什麼狀況呢？是像這樣，嗯，折磨隨從還是什麼嗎？閣下雖是『拷問姬』，但這樣果然還是太過火了吧？」

「不是這樣的。哎，這其中有很多原因。那麼，妳有什麼事？」

在狀況跟與涉及事態的人數都不明的情況下，不能在伊莎貝拉面前進行拷問。

伊莉莎白將針消除，只留下「吊籠（Gibbet）」。「肉販」仍然站著，也沒露出特別鬆一口氣的模樣。這樣子沒問題嗎——伊莎貝拉一邊擔心地仰望這副光景，一邊繼續說道：

「高層發下了命令。不過，這次的情報我也不明白是打哪裡來的……我認為可信度有待商榷。不過，不知為何高層向我的部隊發出全軍出動的命令。希望妳平靜地聽我說。」

「真囉嗦！不使用聯絡裝置，而是妳本人直接出現時，余就已經察覺到事態有異了。快點說吧。」

伊莉莎白粗魯地如此催促，伊莎貝拉簡短地點頭。

她繼續說下去，看起來連自己都有些感到困惑。

「『皇帝』的契約者，瀨名．櫂人會出現。」

「會出現？不是已經出現了？」

伊莉莎白皺起眉心，那句話莫名地像是預言。

話說回來，雖然她沒傳達，但目前櫂人正在獸人之地。教會應該無法掌握他的動向才對。

然而，為何教會能預測出他會出現的場所呢。

「據說他會出現在被肉塊吞噬的王城遺跡——擺放歷代王族們的地下陵寢內。我並不明白這是基於何種根據才發布的命令。」

（的確，推測理由不明。或者說，像是親眼看見他轉移時的模樣——……）

伊莉莎白瞇起紅眼，不自然的感覺變得更加強烈。她將視線望向籠內的「肉販」。他什麼也沒說，然而兜帽深處的臉龐看起來果然還是像在嗤笑。

「雖然我想相信這只是因為命令系統還是很混亂的關係……不過哥多．德歐斯亡故後，形形色色的不可解事件實在很多。而且這個命令還有後續。」

伊莎貝拉的表情暗了下來。她似乎也感受到難以抹滅的不自然感。然而伊莎貝拉卻搖搖頭，語氣沉重地說了下去。

「高層說在對方侵入地下陵寢前──要確實地殺掉。」

的確，這應該是伊莉莎白等待著的瞬間。

卻也是她最不希望的展開。

＊＊＊

金光與白色羽毛的亂舞告終。它們全部都變成水滴，一齊融解落下。

在豪奢的變化之後，不同於被落石毀滅的村莊，出現的是另一片荒蕪的世界。

附近一帶化為灰色的不毛大地，另一側可以看見勉強倖免於破壞的建築物。櫂人對遠方的街景有印象。

「……………這裡是──」

同時也可以說光就這個荒蕪的一角而論，此處是陌生的場所。就連住在王都的人，都鮮少有人擁有進入這個地區的經驗吧。

櫂人他們轉移到的地方是──曾經存在著被讚喻為白薔薇的王城、廣大的庭園、以及有力貴族的別墅──被肉塊吞食的王都中心地帶。

與單純的災害不同，那片遺址上甚至不存在建築物的殘骸。大地莫名平坦，簡直像是巨大怪物用舌頭將地表之物全部舔掉似的。

（也不能一概而論說這個印象有誤啊。）

櫂人像這樣明白此事。畢竟這裡是「君主」、「大君主」、「王」半故意流入，吞食殆盡的場所。惡魔就這樣破壞了對人類來說很重要的據點。然而，只有一件事物異樣毫髮無傷地殘留了下來。

流著血淚的聖女站在空無一物的世界裡。

被倒吊的頭部正下方有一片四角形的奈落深淵。這裡原本應該有用來進行典禮用的台座，同時也設置著被層層鎖上的堅固門扉才對。然而，大概是塑像所有的庇祐終究還是無法保護到它們，那兒被肉塊融掉了。將視線望向裡面後，櫂人瞇起眼睛。

黑闇深處延伸著——是因為處於地下部位嗎——倖免於難的樓梯。

貞德連步伐輕盈地邁向那個入口。

「來吧，各位，我們走吧。為了探尋真實，就只能耿直地前進了。追尋吧，不然就無法被賜予——這句話雖然像是一種詐欺，不過這回可是特例。」

「妳說答案……那兒到底是什麼地方？」

「對一般人而言終生都無緣的地方，歷代王族的地下陵寢。最高司祭之一，『守墓人』負責管理、擔起全責守護此處。然而被嚴密守護，同時隱匿至今的可不是只有【早早掛掉的】人類骸骨。」

貞德如此回應。然而，她卻在不上不下的地方中止話題。

她再次悠悠地邁開步伐。一邊眺望搖曳蜜色秀髮的背部，櫂人一邊感到無言。跟她溝通依舊很困難。

櫂人環視灰色大地。活下來的王與有力貴族至今仍在他處避難，現況仍然無法著手復興重大受災地區。這個地方沒有礙事者。

貞德有如跳舞般前進。

走到這個地步，沒有理由遲疑。

（一不做，二不休嗎？）

櫂人追向她身後，小雛與「皇帝」也跟隨在後。他們接近聖女像庇護的奈落深淵。就在此時，櫂人的視線邊緣忽然點起白光。

以為是錯覺的瞬間，白光增加了，簡直像是排列成環狀的蠟燭陸續點燃似的。圓筒狀光芒以櫂人他們為中心不斷排列下去。

「原來如此，果然只有這裡不想讓別人進去嗎？不過，在王都也無法使用像貌大變的聖騎士吧。【來吧來吧，這下可有好戲看了。要怎麼起舞呢？】」

貞德如此低喃。光芒一齊化為水滴降下，之後只留下白銀鎧甲的身影。

貞德有如打量般環視包圍自己這群人的聖騎士們。

「【小嘍囉就免了】……頭領（leader）會是哪種人呢？」

同時，在櫂人他們前方產生了特別眩目的光輝。

純白光芒化為水滴降下，之後站立在那兒的是極熟悉的身影。

「好久不見了，瀨名・櫂人。」

「……伊莎貝拉。」

是銀髮的美麗聖騎士團團長，伊莎貝拉・威卡。

櫂人打算要說些什麼，卻瞬間忘掉了那一切。逃出王都之際，他並沒有在近距離確認她的臉龐。定睛一看，伊莎貝拉的肌膚上刻劃著醜陋的裂傷。

是在王都使用召喚魔法時，肌肉無法承受魔力壓力而從體內爆裂的痕跡吧。

櫂人不由得發出驚叫聲。

「妳……那些傷痕……是召喚時受的傷嗎！所以我才叫妳別亂來的！」

「……別說奇怪的話，瀨名・櫂人。閣下明明背叛了人類，為何要擔心身為敵人的我呢？」

伊莎貝拉疑惑地低喃。糟糕——櫂人閉上嘴巴。在那張側臉旁邊，「皇帝」有如想要說「蠢蛋」似的將視線投向這兒。櫂人輕輕咬住嘴唇。

（是呢……我的立場已經不能擔心伊莎貝拉了。）

櫂人環視灰色王都。排列在遠方的街景是他與「拷問姬」以及伊莎貝拉、聖騎士們一同拚死盡力守護下來的場所。

接著，櫂人將視線移回站在面前的伊莎貝拉。他瞬間產生沉重疲累感壓上全身的自覺。

（共同戰鬥的日子，簡直像是百年以前。）

如今不只是情勢，連櫂人自己對世界的認知都有了過分巨大的改變。

他像這樣沉浸在感傷裡。伊莎貝拉無從得知他的心情，語氣淡泊地繼續說道：

「閣下是一名清廉的人物。然而，卻因為某個緣故而背叛了人類……關於那個理由，我已經不打算詢問了。無論有何種理由，對身為聖騎士之人而言，惡魔契約者都得是殺害對象才行……自從在廣場做出宣言後，閣下也對此事有所覺悟吧？」

「嗯，我有覺悟。所謂的背叛人類，跟選擇與妳為敵的道路是同一件事。就算知道這一點，我仍是做了那個選擇。」

「既然如此，彼此就不要留下遺憾。」

伊莎貝拉抓住劍柄。她流暢地抽出利刃，眾聖騎士也一起拔刀。灰色大地上發出銀色光輝。他們將祝聖過的武器尖端指向「皇帝」的契約者。

「吾等要殺掉閣下。這是尊貴的命令，也是為了人類、為了這世界而為之的舉動。」

「哎呀，這也很不合邏輯呢！」

就在此時，現場發出清亮聲音。這句話的語氣很開朗，聲音的餘韻卻莫名冰冷。

不可思議的少女聲音讓伊莎貝拉眨了眨眼。

「嗯，是誰？那邊除了你們以外還有人嗎？」

「失禮了，是我。」

貞德突然從櫂人的背後現身。她似乎是在不知不覺間躲了起來。伊莎貝拉臉龐瞬間一僵。對初次見面的人來說，貞德的話語實在是很不恰當。然而，伊莎貝拉僵在原地的理由似乎不僅止於此。

（……啊，這麼一說，這傢伙的打扮比伊莉莎白還要猛呢。）

貞德奢華、卻又不符年紀過於煽情的模樣，突破了伊莎貝拉可以理解的範疇。一板一眼的她無言了。貞德趁隙劈哩啪啦地說了起來。

「再次失禮了，妳(Lady)的大腦是不是掉在哪裡了呢？」

「啥？妳是怎樣啊，這麼突然。」

「那個命令是從誰那邊收到的呢？是教會高層的某人提議的吧？」

「……等等，這個問題是什麼意思？」

「發現瀨名・櫂人的人是誰呢？這不可能是偶然。該人物至今為止都應該掌握著他的行動。明明是這樣才對，為何對追蹤部隊隱瞞了情報呢？妳(Lady)接到的命令是？不只要殺掉『皇帝』的契約者，還追加了『在進入地下陵寢前』這個條件吧？而且還是第一優先的事項，這是為什麼？」

貞德用機械式的語氣有如連珠炮般地說道。一開始伊莎貝拉還露出看見可疑人物的表情，然而那副表情卻漸漸開始變認真了。

看樣子，伊莎貝拉以乎判斷貞德的話語並非單純只是胡言亂語。她的部下們也遊移著視線。他們似乎或多或少也對現狀感到疑惑。

貞德面無表情，就這樣用甚至可以說是瘋狂的機關槍口吻繼續說道：

「有感覺過聖騎士裡有隱藏部隊的存在嗎？有對優秀人材從聖騎士的志願者中被挑走一事感到懷疑嗎？哥多·德歐斯死亡後，不只是團內，有感覺到教會內部也出現了可疑的行動嗎？」

有如給予致命一擊般，貞德扭曲地睜大薔薇色眼眸。她更加嚴肅地詢問。

「這些事是為了人類、為了世界好的根據，是什麼？」

「閣下究竟是————！」

伊莎貝拉對貞德的稱呼改變了。現場的氛圍開始帶有另一種緊張感。

就在伊莎貝拉暫時放下劍，打算要問些什麼之際。

『妳在幹嘛，伊莎貝拉！』

冰冷又堅硬的聲音響起。伊莎貝拉猛然回神仰望天空，權人也將臉龐望向頭頂。教會的通訊裝置在灰色天空上振翅。它的模樣與平常使用之物不同，這個裝置有如要讓純白色羽毛看起來很顯眼似的——簡直像是要證明神恩寵愛有多大——變形成又大又氣派的形狀。

用口無遮攔的方式表現的話，就是裝飾得太過火又低級。

在另一頭恐怕是最高司祭的某人，用高壓的態度地繼續說道：

『聖騎士對惡魔契約者無話可說。連妳都會變汙穢的喔，殺掉就行了。』

「請等一下，雅・流德爾大人。此人擁有某些情報——」

『笑話！居然聽信惡魔契約者的同伴之言，妳這蠢人！那些傢伙說出口的話，全部都是為了迷惑信徒的戲言喔！妳打算被迷惑嗎！就是因為這副德性，在串刺荒野上才會出現那麼多犧牲者，包括妳弟弟在內！』

不由分說，充滿壓迫意味的叱責飛向這邊。伊莎貝拉反射性地咬住唇瓣。

權人用乾燥的眼神仰望球體。在數秒鐘的沉默後，他冷靜地開了口。

「……你叫做什麼雅・流德爾嗎？你跟哥多・德歐斯不同呢。」

『哦，契約者也很懂事嘛。的確，我跟那個男人不同。與不理解真正的信仰與聖女本意、結果被惡魔消滅的愚者不同。』

聲音扭曲地嗤笑。哥多・德歐斯是掌握眾聖騎士指揮權之身，騎士們對他也相當信賴。

待命人員中，已經有數人懊悔地搖晃起身軀。

櫂人緩緩嘆息。他在表情上浮現輕微後悔，然後搖搖頭。

「我以前曾責備哥多．德歐斯隔岸觀火。不過，我要收回這句話。」

『真稀奇，契約者也會反省嗎。那傢伙雖然無能，不過也值得了。』

「你甚至不露出自己的身影，也沒打算站上戰場，是極致又完美的膽小鬼。就算光聽聲音我也曉得，你是個腦滿腸肥有如豬玀般的人類吧。」

『————唔，什麼！』

櫂人真的很平淡地做出斷言，聲音因突如其來的侮辱而中斷。

主人的話語戳到「皇帝」的笑穴，因此他愉快地發出嗤笑。他難得表示贊同之意。

『哈，的確，正是如此喔，連自身之力都無法顯示之人是弱者！無法用知識戰鬥之人是愚者！如果是只會吱吱喳喳吵死人的話，那就是無能！連活著的價值都沒有，無疑就是豬玀！』

瞬間，通訊裝置發出眩目光芒。它一口氣鼓起翅膀，就像要表明焦躁感似的。白色羽毛激烈地飛散在四周，在另一側的人物高聲叫道：

『惡魔膽敢侮辱吾嗎啊啊啊啊！侮辱為了聖女、為了神明總是行事虔誠端正的吾！伊莎貝拉，不准迷惘，不准思考。殺、殺、殺！絕對不要讓他們前進！』

他有如發狂般大吼，櫂人將視線望向地下陵寢的入口。

那兒究竟有什麼東西呢？雅・流德爾做出宣言。

『這正是為了救世！』

（又來了——救世。）

貞德口中的救世，與教會口中的救世。

這兩者的意義恐怕有著致命性的不同。

（他們到底各自打算要從何物手中拯救什麼呢？）

『殺！妳在猶豫什麼！完成命令！完成神的、聖女的尊貴命命命命命命命——』

聲音突然傻氣地變模糊，通訊裝置下方毫無前兆地發生爆炸。

「——咦？」

「——什麼！」

被激烈的爆風吹動，通訊裝置一邊打著螺旋一邊飛離現場。大而無當的翅膀也造成負面影響，它被遠遠地吹走了。

發生了什麼事——現場的人連思考的時間都沒有。所有人的視線都塗滿了紅與黑。薔薇花瓣豪奢地飛舞四散，黑色充滿暴力地揍倒映入眼簾的一切。

聖騎士拚命撐在原地，一邊發出聲音。

「伊莎貝拉團長！」

「冷靜，我知道這是誰幹的好事！不過，這副慘狀是怎樣啊！」

現場被混亂裹住，就連應該知道犯人是誰的伊莎貝拉都因為過分強烈的氣勢而動搖。在這種情勢下，只有櫂人跟小雛完美地保持冷靜。兩人喃喃低語。

「……………………看這個樣子，她很生氣呢。」

「……………………很生氣呢。」

爆風唐突地斂去，跟開始時同樣不講理。

現場寂靜無聲，在寂靜的中心處站著黑色女孩。

充滿張力的站姿，宛如非人者般美麗。

「……終於來了嗎？高傲的狼，卑賤的母豬。」

貞德初次將感嘆放上舌頭，甜美地如此低喃。她有如做開幕宣言似的繼續說道：

「『拷問姬』伊莉莎白・雷・法紐！」

黑色的「拷問姬」。

身為惡魔獵人的稀世大罪人總算現身了。

＊＊＊

黑色的「拷問姬」與金色的「拷問姬」，就這樣初次對峙。

然而，黑姬卻絲毫沒將金姬看在眼裡。

她只在紅眸中映照著一個人。

自己的隨從，瀨名櫂人。

「……櫂人。」

「伊莉莎白。」

伊莉莎白簡潔地呼喚那個名字，櫂人也做出回應。

剛好這裡是王都。在這塊被肉塊吞噬、又被解放的土地上面對面的模樣，與以前分離時很相似。在所有的戰鬥結束後，當時就只有伊莉莎白留在原地。

果然這件事感覺起來也像是百年前的往事。

伊莉莎白閉上眼睛。就像以前的某一天一樣，她仰望著大陽在雲朵內側發出笨重光輝的

天空。那張臉龐上閃過所有苦惱，憤怒與悲傷還有感嘆與寂寞。在那之後，她浮現想要表示些什麼般的孩子氣表情。然而，那一切忽然都消失了。

伊莉莎白再次睜開眼，就只是很沉穩地望向櫂人。

那個表情也瞬間飛散。

她猛然瞪大紅眼。伊莉莎白嘰的一聲握緊拳頭，她將那隻手刺向前方。伊莉莎白用指甲塗黑的手指銳利地比向櫂人。

然後，她堂堂正正地做出宣言。

「覺悟吧，櫂人。余要殺掉你。」

「為何會變成這樣啊？」

剛才那些反應果然是這種節奏嗎？櫂人不由得像這樣被疑惑驅使。

應該還有其他可以說出口的話才對吧——他半愕然地如此思考。然而櫂人還來不及開口，就響起了尖銳的聲音。

看樣子教會的通訊狀置似乎從爆風的衝擊中回復了。白色羽毛激烈地動著，操縱者雅·流德爾一邊大喊：

『哈哈哈，很懂事不是嗎！這樣就行了，【拷問姬】啊，果然是一條好狗！狗就要扮演好狗的角色！別忘了妳的罪過，以及教會施加於身的枷鎖！在被處死前行善吧！』

球體不斷說話時，鐵樁噗滋一聲插進它的中心處。通訊裝置的聲音被中斷了。

伊莉莎白用冰一般的寒冷聲音囁語。

「你們打算對綁住的狗揮鞭，隨心所欲地命令牠吧。不過啊，余是高傲的狼，也是卑賤的母豬。」

啪嘰啪嘰啪嘰啪嘰，整個通訊裝置奔出白光。

碰的一聲，它在空中華麗地爆炸了。

「絕對不是狗喔。」

白色羽毛大量飛散，伊莉莎白以此為背景低聲接著說道：

「公豬少在那邊亂叫。這跟任何人都無關——是余，還有余之怒火的問題喔。」

她輕輕搖了搖沾到羽毛的頭，烏黑柔亮的秀髮美麗地散開，然後復原。

讓白色羽毛輕飄飄地落至腳邊後，伊莉莎白切換表情。

「吶，櫂人。只不過是隨從，你還真是恣意妄為。當然也做好了受罰的覺悟吧？」

就在此時，她臉上浮現就某種意義而論讓人懷念，其實卻很凶惡的笑意。

看到那副表情後，瀨名櫂人領悟到某件事。

（……啊啊，是嗎……也有這種必要吧。）

伊莉莎白決定要用全力痛毆他。而且，一切都要從那之後才開始。之後結果會變得如何，對現在來說根本無所謂。

這裡有她也有他。兩人重逢了。就只是這樣而已。

就是因為這樣，櫂人也凶惡地笑了。

「當然！我十足做好了覺悟，也做好了反抗處罰的覺悟喔！」

昔日的主人與隨從互相瞪視。兩人對聖騎士們的困惑置之不理，就這樣將力量灌入全身。現場充滿緊張氛圍。面對過分強橫的魄力，沒有人不識趣地發出制止聲。

下個瞬間，兩人從丹田出力大吼。

「弗蘭肯塔爾斬首用劍（Frankenthal Executioner's Sword）！」

「————飛舞（La）吧！」

伊莉莎白抽出劍，櫂人彈響手指。

利刃在灰色大地上飛舞，紅色花瓣與暗闇盛大地炸開。

這變成了戰鬥開始的信號。

心神仍然亂成一片的聖騎士們也一起衝了出去。

＊＊＊

「拷問姬」與「皇帝」的契約者進入戰鬥，聖騎士們也在心神大亂的狀態下開始行動。

看到他們朝這邊前進的模樣後，小雛跟「皇帝」嘆了氣。兩人不悅地開了口。

「心愛的櫂人大人與親愛的伊莉莎白大人正在戰鬥！沒時間去管小嘍囉！你們用難看的姿勢乖乖趴在地上就行了！」

『身為人居然對吾刀劍相向，這樣反而很愉快啊……如果小鬼不會囉嗦的話，吾就要從頭到腳好好大快朵頤一番了說……哎，反正也是不值一吃的灰塵。』

小雛手時槍斧(Halberd)，縱橫沙場擋開來自聖騎士四面八方的攻擊。「皇帝」則是感到很厭煩似的，只用尾巴掃倒朝這邊接近的人們。

戰鬥半推半就地開始了，毫無任何秩序可言。

伊莎貝拉不自禁地輕輕壓住額頭。

（這、這個情況是怎樣啊。現狀無法理解，未知要素太多……話雖如此，事到如今也不可能整合部下們。要尋求情報，就只能取得勝利了嗎？）

她如此做出判斷。現在應該要完成命令才對——伊莎貝拉也重新舉起劍。

就在此時，她察覺到某道視線。貞德看著伊莎貝拉，就像在等待她似的。金色女孩優雅地彈響手指。

「【我的第一架(潘達斯奈基)】、【我的第二架(高康大)】、【我的第三架(傑伯沃基)】、【我的第四架(龐大固埃)】——去吧。」

機械們陸續衝出。伊莎貝拉瞬間領悟，金色女孩有意與她為敵。而且就算正面應戰，伊莎貝拉也敵不過機械們吧。

（我的劍是應付不來的。）

在理解這一點的前提下，伊莎貝拉仍是衝到四架之一的【第一架(潘達斯奈基)】的面前。以獠牙打造全身的野獸停下腳步。【第一架】將獠牙有如子彈般射向伊莎貝拉。

伊莎貝拉腳步不停，就這樣從腰際抽出備用劍。她將劍刺向大地。踹向劍柄後高高飛起。【第一架】的獠牙貫穿虛空。

伊莎貝拉著地後，就這樣跑了起來。【第二架】擋到她的前方。人偶有著扭曲的外形，無法從外表預測其攻擊方式。伊莎貝拉避開【第二架】，縱身朝旁邊一躍。人偶從後方追來，伊莎貝拉間不容髮地抓住掉落在地面之物。

是教會通訊裝置的殘骸，伊莎貝拉將它扔向人偶。

被人偶的手臂貫穿，通訊裝置發生最後的爆炸。球體部分變得粉碎，然而人偶卻大大地傾斜。貞德用刻意的語調發出佩服的聲音。

「——咦，哎呀呀，這倒是意外呢。」

「雖然很不敬就是了。這已經是不可能修復的東西了，所以也沒差吧。」

伊莎貝拉如此笑道。越過【第一架】與【第二架】後，她站立在貞德前方。

伊莎貝拉全身漲滿緊張感，與未知的少女對峙。

雖然表情仍然很機械化，貞德仍是將讚美辭句化為言語。

「原來如此，妳（Lady）——雖是愚者，但就無知教會那一方的棋子來說還不賴呢。」

伊莎貝拉雖然無從得知，但這是相當罕見的反應。

搖了搖蜜色秀髮後，貞德深深地點頭。

「我很中意。【我要收下妳嘍，處女少女（My Lady）。】」

「多、多麼不祥的話語啊，不過我也有話想問閣下！先分出勝負也不錯吧！」

伊莎貝拉發足急奔，只差一點點劍刃就能抵達。在那之前，貞德彈響手指。

【第一架（潘達斯奈基）】從背後襲向伊莎貝拉。伊莎貝拉瞬間感到屈辱，同時領悟到一件事。

（……被小看了！）

從外觀判斷，【第一架】最容易預測攻擊方式。恐怕意思是說如果無法處理掉它的攻擊，就連當對手的價值都沒有吧。

伊莎貝拉抿緊唇瓣的瞬間，野獸跳躍了。在被咬嚙前，她就踹向它的側腹。然而，野獸仍是試圖讓獠牙鑽入伊莎貝拉的鎧甲關節。

伊莎貝拉立刻脫下披風。她用披風裹住浮在半空中的所有獸牙，高級布料撐住了一瞬間。伊莎貝拉趁隙將利牙連同披風狠狠摔向地面。

她就這樣逼向貞德。

「——得手了！」

她橫擺劍刃，準備擊向毫無防備的腹部。在那瞬間，【第三架(傑伯沃基)】衝了出來。造形令人不快的機械代替主人挨下劍刃，火花爆散，貞德再次點頭。

「很行呢。」

「我好歹也是團長。」

伊莎貝拉沒有停止。她放開劍，試圖將掌底擊入貞德下巴。是這一招也出乎意料嗎？貞德眨了眨眼。就在這個瞬間。

「——————哎呀？」

「——————咦？」

兩人一起被轟向旁邊。

不只是她們，聖騎士們也遭到同樣待遇，只有小雛緊抓「皇帝」撐了下來。當事者「皇帝」雖然什麼也沒說，卻露出很困擾的表情。

「機械神(Deus ex machina)」連忙組合身體。它們變成形狀歪斜，卻很柔韌的金屬網。貞德有如被隨從接住的公主般，輕輕落至那上面。

伊莎貝拉勉強在空中扭轉身軀，自行卸去衝擊著地。發生什麼事——她抬起臉龐。同時，伊莎貝拉掌握了狀況。她連自己正在戰鬥這件事都忘了，低聲訴說：

「……也太亂來了吧。」

巨大的「人偶火刑（Wicker Man）」正好被切爛身體爆散了。從裡面脫離的櫂人在地面上擦汗，他臉上有著濃厚的焦躁神色。他本來就不是能夠跟「拷問姬」正面交手的角色，即使如此，櫂人依舊奇蹟般忍受猛攻。

另一方面，伊莉莎白看起來絲毫沒有放水的樣子。

「『吊籠（Gibbet）』！『水刑椅（Ducking Stool）』！『蟲穴（Hell Hole）』！」

「真懷念啊，這種盛大的招待！」

自暴自棄地如此大叫後，櫂人衝了出去。如他所言，附近漸漸變得慘烈。一名聖騎士正要被棲息著食人蟲的洞穴吞沒，其他人連忙救出他。

櫂人一邊奔跑，一邊悉數避開那些攻擊。然而，他卻被同時產生的五張「水刑椅（Ducking Stool）」的其中一張所困。他被固定住，櫂人在自己就這樣被扔進水裡前大叫：

「————『皇帝』！」

『這種小兒科不能自行想辦法嗎！死掉的話吾就殺掉你喔，不肖的主人！』

雖然焦躁地如此叫道，「皇帝」仍是瞬間移動，他銜住那張椅背。「皇帝」將椅子拋向空中，櫂人高高飛舞，沒落入出現在大地上的水槽。

他釋出刀刃，從拘束帶中解放自身。櫂人勉強順利著地。

他再次與伊莉莎白面對面。櫂人的消耗很激烈，然而伊莉莎白的狀態卻是連汗都沒流半滴。她雙臂環胸，滿臉怒容地瞪視他。

「為何要逃，櫂人？」

「這是當然的吧！正面挨上攻擊會死的喔！先暫時停手聽我說吧，伊莉莎白！」

就在櫂人如此訴說時，小雛也猛然抬起臉龐。

她變成一邊救助掉進水裡的聖騎士，一邊將砍過來的人踢下水這種莫名其妙的狀態。

在已經混沌到極點的狀況下，小雛也發出聲音。

「是啊，伊莉莎白大人！小雛雖是櫂人大人的伴侶，卻也在兩位如今的戰鬥中感受到不能插手的事物！然而，如果您繼續危害心愛的櫂人大人，那我就要阻止親愛的您，為了殺掉您而行動了！」

「囉嗦，妳也是，小雛！居然不阻止櫂人而反叛，笨蛋！」

伊莉莎白語氣銳利地叱責，其威勢令小雛一時無語。

伊莉莎白搖曳黑髮，再次面向櫂人。她冷酷地彈響手指。

「『鐵處女(Iron Maiden)』、『斷頭聖女(The Guillotine)』。」

「————嗚，真的毫不留情啊。」

花瓣與暗闇捲起漩渦。身上氛圍迥異、紅與白的少女並排站在中心處。

一方妖艷，另一方清廉。兩具雖擁有截然不同的印象，但美貌與怪物般的壓迫感卻是共通的。櫂人瞪視她們，就這樣思考著。

（應該盡可能拉開距離比較好……被「鐵處女(Iron Maiden)」抱到就結束了。而且照這種情況來看，我也無法應付「斷頭聖女(The Guillotine)」發射利刃的速度。）

櫂人在腳邊爆散魔力，他以超越人類的速度遠離現場。

「斷頭聖女」有如祈禱般闔起雙臂，然後打開。利刃以高速從手肘發出，無論身體能力如何提升，這都不是能用肉眼完全追上的東西。

櫂人幾乎靠直覺彈響手指，他一口氣飛出五片利刃。

「——阻止吧(La)！」

其中一片與「斷頭聖女(The Guillotine)」的利刃互擊，兩片刀刃因衝擊而飛向另一邊。聖騎士有如無頭蒼蠅般逃竄之際，利刃割裂他們之間的地面，然後消失。大地盛大地搖晃起來。

櫂人鬆了一口氣。在那瞬間，他感到背後有一股涼意。櫂人慌張地回過頭。

（——糟！）

紅色少女站在那兒。「鐵處女(Iron Maiden)」浮現慈愛微笑，同時伸出手臂。

她的脖子橫向滑開。她臉上掛著柔和表情，就這樣被砍掉頭。「鐵處女(Iron Maiden)」全身崩潰，她變回薔薇花瓣朝四周飛散。

小雛手持槍斧(Halberd)，站在空無一物的後方。她扭曲地瞪大翠綠色眼眸。

「給我搞清楚，能緊擁櫂人大人的人只有身為伴侶的我。妳這個連愛都不知道的鐵屑！」

「謝謝妳，小雛。嗚，不行快離開！」

櫂人如此叫道，小雛同時飛向後方。

拷問器具與鎖鍊再次毫不留情地飛過來。

櫂人與伊莉莎白重複類似的攻防。

在不知不覺間，只剩下兩人在戰鬥。

聖騎士茫然地旁觀那副光景。而說到伊莎貝拉，她被動真格的貞德抓住，被化為一體的「機械神（Deus ex machina）」壓住了。

「住手，喂，放開我，有在聽嗎！」

「妳（Lady）安靜，沒時間玩了。這場秀挺不賴的喔。」

貞德雙手環胸，悠然地眺望戰鬥。

櫂人的困獸之鬥很精采。他連呼吸的空檔都沒有，連續造出利刃。每當斷頭斧與無數鐵樁襲擊而來時，櫂人就將它們彈回去，在緊要關頭則是借助「皇帝」或是小雛之力，就這樣活了下來。

伊莉莎白與櫂人的實力差距昭然若揭。即使如此，他仍持續與她抗衡。

櫂人用執念與熱情全力反抗。

能從那個行動中讀取到的不是對死亡的恐懼，而是某個強烈的咆哮。

怎麼可以被伊莉莎白殺掉呢。

怎麼可以繼續讓「拷問姬」對親近之人下手呢。

「一旦到了這個地步──愚行也是信念。」

貞德如此低喃。在她面前，蒼藍薔薇的花瓣與紅色薔薇的花瓣宛如風暴般飛舞。兩道風暴糾纏在一起，從正面互相碰撞。被兩道色彩妝點的暗闇試圖吞噬彼此。

伊莉莎白讓腰際裝飾布與黑髮隨風搖擺，一邊叫道：

「你變成人類公敵了吧，櫂人啊！故意選擇這條道路，揹起用不著背負的罪孽！既然如此，就快快把那顆腦袋交出來吧！」

「少開玩笑了！誰想死啊！都說聽我講了，伊莉莎白！」

「你才是，給余聽好！連死亡的覺悟都沒有的人與人類為敵，這才是鬼扯！連覺悟都沒有，也沒有決心的羊少在那邊啼叫！笑死人了！」

「妳也不想死吧！別管了，聽我說！」

「一而再再而三的是要講多少次……話說回來，不聽余之言的人是你吧！」

「說什麼啊！」

「說過無數次了吧！你沒必要背負任何事物！」

鎖鍊跳動，就像在代替伊莉莎白焦躁似的。它挖去櫂人身旁的地面，鎖鍊因為勁道過大而殘酷地削過聖女像的臉頰。巨大碎片墜落，揚起沙塵。

聖騎士發出動搖的聲音，伊莉莎白無視那些聲音大聲吼道：

「傷害諸多事物，被世界憎恨，一直背負罪孽是很沉重的命運！」

「伊莉莎白。」

「不是講過對你來說，這實在是不堪負荷的嗎！」

那簡直像是哭泣聲，

也像是孩子的叫喊。

聽到過度悲痛的聲音後，櫂人緊緊咬住唇瓣。他不想弄哭她。

（我決定要守護妳。）

他下定決心，無論如何都要讓自己的英雄活下來。這到底是不是正確的呢？

櫂人如此思考。就算看到伊莉莎白現在的表情，也能如此斷言嗎？

（這樣真的好嗎？）

瀨名櫂人眼睛閉上了一瞬間。如同昔日一般，年幼的自己坐在暗闇之中。天真無邪地仰慕英雄的他，有如想要詢問某事般凝視櫂人。他擔心地握住櫂人的手指，現實中的櫂人有如緊緊回握那隻手似的捏緊拳頭。

櫂人有如吼叫般如此心想。

（嗯，這樣就行！）

「這種事，比妳死掉要好上百萬倍！」

就這樣，瀨名櫂人——

終於打從心底發飆了。

＊＊＊

「伯爵」的殘酷劇場（Grand Guignol），「總裁」的宴會，「大王」的遊樂場。

櫂人對至今為止的許多事物感到憤怒。

然而，在生前的受虐經驗影響下，他在情感上加裝了某種煞車。被負面激情驅使時，櫂人反而會取回冷靜。由那而生的判斷，在無數困境中派上了用場。就是因為這樣，至今瀨名櫂人不曾打從心裡發飆過。

而他如今，完完全全，徹徹底底地發飆了。

常識與邏輯還有冷靜，都從他的腦海裡蒸發了。

在只被怒意支配的狀態下，權人彈響手指。六片四角形利刃——他現在所能喚出的最多枚數——在頭頂盤旋。有時強烈情感會是負面之物，給予人類不尋常的力量。超越限度的怒意讓權人產生了新的印象。

權人在眼睛瞪大至極限的狀態下，放聲大吼：

「——變形（La）。」

利刃疊合，合而為一。它有如吹糖工藝品般蠕動，產生新形狀。

半空中生出一柄漆黑長劍，筆直地落至地面。

權人有如搶奪般抓住劍柄。或許下意識地模仿了弗蘭肯塔爾斬首用劍（Frankenthal Executioner's Sword），劍刃上也自然而然地刻出散發蒼藍光輝的文字。

『對我來說，一切事物都是被容許的。然而，我也不被任何事物所支配。』

浮現在漆黑劍刃上的字句一度發出強烈光輝，然後就倏地消失了。

權人握著劍柄——簡直像是劍自己告知——輕聲低喃那個名字。

「————『無名（Nameless）』。」

他斬開風揮下黑刃，櫂人將它的劍尖指向伊莉莎白。

她有如在說「我懂」似的彈響手指，所有拷問器具都消失了。

之後，只留下弗蘭肯塔爾斬首用劍（Frankenthal Executioner's Sword）。

兩人無言地面對面，然後同時踹向地面。

伊莉莎白並沒有像她以前與「王」的複製品對戰時，使詭計打倒對方。

「弗蘭肯塔爾斬首用劍（Frankenthal Executioner's Sword）」跟「無名（Nameless）」激烈地撞在一起。

兩人從正面互擊。

火花瞬間四散，他們甚至沒有拉開距離，就這樣揮出斬擊。零距離的互擊與用劍技術幾乎毫無關係。這近似於互毆。然而，只要沒能接下一擊就會立刻死亡吧。兩人持續交換著毫不留情至如地步的斬擊。

本來，這是連一瞬間都無法放鬆的攻防。然而他們仍是朝彼此大吼。

「什麼跟人民之間的約定，什麼契約！這種事我懂啊！我也親眼看見了妳殺掉的屍骸之山！妳背負的罪孽無法償還！惡劣至極！老實說，『拷問姬』應該處以火刑才對吧！不過，我會變成怎樣啊！被妳幫助的我會變成怎樣啊！」

「這種事才跟余無關！你就隨心所欲地享受第二次的人生啊！給余一個人活下去！不，你連新娘都有了吧，少任性啊！」

「妳才任性！不只是我！無視被妳幫助的一切，無視妳拯救的所有事物，伊莉莎白去受火刑果然是錯的！我們啊，可不是為了看妳被殺而被拯救！這種事絕對敬謝不敏！絕對不要！」

櫂人不顧一切地揮劍，有如哭喊般的一擊微微將伊莉莎白推回去。她連同劍向後退一步，即使如此，還是發出叫聲同時回擊。

「這也全部都是你這傢伙的任性吧！」

「我任性地捨棄世界而選擇妳，這樣哪裡有錯！」

櫂人如此斷言，伊莉莎白咬緊唇瓣。兩人朝彼此揮出灌注怒火的一擊。劍嘰咿地發出尖銳聲響互咬，兩人以毫釐之差砍成一片。

眺望一連串的戰鬥後，某個聖騎士喃喃低語。

「……該怎麼說呢，雖然不管怎麼看都是壯烈的廝殺。」

簡直像是在吵架。

兩人把這句話聽進耳中，更加砍成一團一邊大吼。

「我曾死過一次！什麼都做不到，也沒體會過快樂的事就這樣死了！所以，我認定救了我的妳比整個世界都還要尊貴！已經夠了，妳的苦衷我不管了！打從一開始這樣說就好了。伊莉莎白，為了我而得救吧！」

「你的話不但已經變得莫名其妙，連意義都不明了！你也知道不能就這樣令他人低頭扭曲自己的驕傲與一輩子的誓言吧！」

「雖然明白，但有些事還是非做不可！」

「這樣很亂七八糟不是嗎！這個狀況到底是怎樣啊！什麼『肉販』啦救世啦，這樣下去世界會滅亡什麼的，明明已經有一大堆莫名奇妙的事情了說！」

「沒錯！就算最初的惡魔肉是什麼也一樣！」

「嗯？」

「咦？」

兩人忽然停下動作。

他們面面相覷，露出不可思議的表情。櫂人與伊莉莎白用力推出劍刃，彼此都跳向後方。兩人總算環視了周圍。

小雛露出快哭的表情一邊待命，聖騎士們茫然地旁觀他們的戰鬥。至於後方，伊莎貝拉被機械臂壓住不斷反抗，貞德則是站在她旁邊。

她面無表情——雖然只有一點點，卻還是微微扭曲唇瓣——就這樣囁語。

「那麼，小倆口吵架結束了嗎？」

「「誰是小倆口在吵架啊！」」

權人與伊莉莎白同時大吼。

就這樣，兩人總算進入可以對話的狀態。

＊＊＊

「這麼一說，這裡不但有個莫名其妙的金色傢伙，連來自教會的命令都無法理解呢。權人……你是為了什麼而來這裡的？」

「金色傢伙叫貞德……關於她的存在，這個就說來話長了。她說要告訴我最初的惡魔肉是打哪裡來的。」

「『肉販』也說只要來這裡就會明白……這邊也是說來話長就是了。」

再次面面相覷後，兩人沉默了。不久後，伊莉莎白長嘆一聲。她搔亂自己的瀏海，焦躁地嘖了一聲。

「余不會原諒你，而且以後也不打算原諒。不過，就暫時休戰吧。在爭鬥前，似乎有事情得先確認才行。」

「嗯，正是如此。」

櫂人與伊莉莎白朝彼此點頭。就在此時，一道影子踩著可愛步伐接近而來。

櫂人與伊莉莎白猛然望向旁邊。

在那兒的是小雛。她默默無語，將兩人映照在翠綠色的大眼瞳裡。欲言又止盈滿淚水的大眼睛，讓櫂人跟伊莉莎白唔了一聲感到膽怯。

不久後，櫂人有如要讓對方安心似的露出微笑，朝她伸出手。

「——……來，小雛。」

小雛緊緊握住那隻手，接著她望向伊莉莎白那邊。幹嘛啊——伊莉莎白面容嚴峻地皺起眉心，然而她仍是拗不過小狗般的眼神，所以也伸出了手。

「明白了，來吧。不過別忘了，只是暫時休戰喔。」

不等她說完話，小雛就緊緊抓住那隻手。伊莉莎白發出沉吟，露出困擾的表情。小雛不發一語，緊緊地握住兩人的手。

就在此時，背後傳來吵鬧聲。

「住手，叫妳放開我！真是的，我是俘虜嗎！就算是這樣好了，還是有再像樣一點的搬法吧！」

「請妳(Lady)老實一點。妳有想要知道的情報吧？只要維持這個狀態，妳就有了『我是被帶走的』這種正當藉口了喔。」

「……唔，這——」

櫂人望向後方。這次變成人型的【機械神(Deus ex machina)】以公主抱的方式抱著伊莎貝拉。抱法乍看之下雖然溫柔，鐵指卻牢牢地固定著她。

貞德輕聲說出的甜美話語令伊莎貝拉露出迷惘表情。然而，她仍是高潔地緊抿嘴唇，恐怕是打算要吐出拒絕話語吧。在那之前，貞德把話說了下去。

「而且啊，【我這邊可是很少中意別人的喲，乖乖聽話吧，處女少女(My Lady)。妳不想被硬邦邦的東西搞到升天吧？】」

離譜措辭再次令伊莎貝拉一僵。看樣子她似乎是陷入了無法思考的狀態。另一方面，大概是沒有聽到兩人的對答，眾聖騎士也為了救出被抓起來的團長而勇敢地準備採取行動。

貞德朝他們投出冰冷視線。

「你們(Mister)如果珍惜團長的性命，就別輕舉妄動。【好，很棒喔乖狗狗們！】」

貞德對乖乖放下劍刃的聖騎士們點點頭。她飄揚蜜色秀髮，回頭望向櫂人那邊，貞德淡淡地發出指示。

「請把弗拉德放出來。接下來有他在的話，說明狀況時會比較方便。」

「……這女人到底是不是狂人，令人搞不太懂呢。」

「哎，我也這樣想。」

櫂人一邊點頭同意伊莉莎白的感想，一邊將魔力輸入一直放在口袋的石頭。蒼藍薔薇與暗闇飛舞四散。弗拉德一邊在空中優雅地蹺起腳，一邊不滿地低喃。

『真是的，把別人帶在身邊卻忘記這回事，又一直重複亂來的舉動呢……多麼可悲又殘酷的事啊。雖然這樣我也沒差就是了，還以為早就結束了呢。』

「這麼一說，我一直把你放在口袋裡呢。」

『你就是像這樣一下子就忘了我喔，【吾之後繼者(My Dear)】。難得人家替你隱瞞至今的說。如果不是你的人偶，一定會因為晚上的空包彈而垂頭喪氣啊……等一下等一下等一下，別作勢要把我用力摔在地上啊，我會保持沉默的。』

弗拉德安靜了下來，「皇帝」從鼻子發出冷哼低聲嗤笑，伊莉莎白歪頭露出困惑表情。小雛握著兩人的手，就這樣啜泣不已，伊莎貝拉再次開始抵抗。

貞德環視四周。戰鬥總算結束、充滿肆虐痕跡的現場，她做出宣言。

「來吧，那麼時候到了——這次真的要來揭發世界的真相了。」

貞德用若無其事的腳步邁出步伐。

在自稱是救世聖女的賤貨後方，依序跟著世界公敵與其新娘、稀世大罪人，聖騎士團長與惡魔，還有惡魔的前任契約者。

朝教會隱匿至今的場所。

歷代王族們埋葬的地下陵寢前進。

Fremdtorturchen

8 終結與起始

地下陵寢內部，是用櫂人完全看不出是何物的材質打造而成的，而且還施加了無數封印。那是侍奉神明之人不按照順序移動，就有可能會因此喪命的玩意兒。然而，身為無神論代表的貞德卻陸續解開了它們。

「————來吧，吾民之淚，還有生命（為犧牲而祈禱，心懷犧牲，相信犧牲）。」

貞德彈響手指，從空中落下各式各樣的寶石。

每次遇到封印，她就會在適當的位置疊上那些寶石，輕易地將其破解。

就算從櫂人的眼光來看，這也是超脫常軌的技藝。回頭望望瞠目結舌的他，貞德點點頭。

「因為實在太精采，所以你（Mister）覺得不中用的自己很丟臉吧。我懂。不過，你沒必要因為自己【差不多不如廢屑】為恥。吾之製造者、吾之人民，以及成為活祭品的鍊金術師們就是為此而貯藏、磨練魔力至今。」

「……哎，實際上我是覺得很精采啦，嗯。」

『不，這可不是精采這種程度而已喔，【吾之後繼者（My Dear）】。把這些光景烙印在眼底吧，很值得參考。』

弗拉德輕飄飄地待在櫂人旁邊。他將視線投向前方下一道結界。

而且罕見又詭異的是，弗拉德用衷心感到佩服的模樣點了頭。

『我雖然從【肉販】那邊購買了惡魔的肉，卻不曉得這個地方呢。就算是我也會感到佩服。一級結界接二連三，這正是延續無數世代的一族消耗寶貴性命與知識，才有可能揭露的地方吧。墳墓沒必要保護成這樣，深處究竟隱藏著什麼呢？』

「皇帝」在他旁邊哼響鼻子。打從剛才開始他就用像是狗兒的動作來回嗅著這裡的空氣氣味。感到厭惡地打了一個噴嚏後，「皇帝」抖了抖身軀。

『哼，確實。這裡不是為了人類而設置的場所。真是充滿了傲慢的氣息。高舉神的肖像，試圖授予其恩惠的鼠輩們的氣味……不過，也微微地存在著令人懷念的氣味。究竟是什麼呢？』

如此說道後，「皇帝」更加嘶嘶嘶地聞著四周。然而，他似乎沒有得到答案。櫂人他們與追蹤著氣味的他一同趕往前方。

在通道的左右兩側，並排著一室室獨立建造而成的靈廟。

以石花裝飾的門扉對側安置著氣派的棺材。每個王的靈廟裡都設置了與生前逸事有關的豪奢裝飾與石像護衛。

斜眼瞄向那些靈廟後，伊莎貝爾有如從喉嚨擠出聲音似的說道：

「啊啊……諸王的墳墓居然被弄亂……我得辭去團長之職謝罪了。」

伊莎貝爾依舊被【機械神（Deus ex machina）】的鋼鐵製手臂抓住，就這樣有如死人般臉色慘白。看她那副模樣，好像只要丟著不管就有可能變成廢人。

（這、這下子先緩和罪惡感比較好吧。）

而且也有必要事先向伊莉莎白說明。如此判斷後，櫂人一邊走路，一邊說出自己知道的情報。

「有一件事想趁現在先告訴你們，關於至今為止的事……」

身為一切情報來源的貞德沒有插嘴，她只是用莫名機械式的口吻哼歌。

聽櫂人說著說著，伊莎貝拉的臉龐也在另一種意義下漸漸變僵。

「你說聖騎士被餵食惡魔的肉？怎麼可能……不，可是，確實有我所不知道的部隊存在……防衛王都時，被視為死亡的人數也有所出入，怎麼會……」

果然心裡有個底嗎？她開始喃喃自語。

伊莎貝拉沉浸在自己的思緒之中。另一方面，伊莉莎白則是用險惡的氛圍瞇起紅眼。

「你說另一人是人工製造的『拷問姬』？『肉販』是說過有人為了防止這個時刻發生而行動至今……意思說那個人就是這傢伙嗎？」

自然產生的黑色「拷問姬」凝視金色「拷問姬」的背後。果然還是沒有回應。伊莉莎白沒特意向貞德搭話，而是繼續說道：

「教會讓聖騎士吃下惡魔的肉，藉此試圖殺害貞德。這是因為貞德試圖妨礙教會的行動。雙方是以什麼為目標的呢……『肉販』也有這樣說過。」

聽到伊莉莎白這番話語後，櫂人瞇起眼睛。他反芻著這些話。

（根本沒想過以十四悲劇起始，應該要迎終結的故事會有人反抗。就整體而言您們的故事雖小，但或許會產生很重要的影響……這樣嗎？）

櫂人腦海裡浮現寬敞的棋盤。

那是世界。在「肉販」的謀略與弗拉德的貪婪下，那兒曾被排上十四惡魔的棋子。棋子雖然平安無事地被粉碎，棋盤卻有所損傷，出現了大大的裂痕。

如今，由教會準備好的扭曲步兵（pawn）大軍，與白皇后的棋子正隔著那道裂痕面對面。

然後，行動至今的紅國王與皇后的棋子浮在空中。

「肉販」有云，兩人的存在是非常態因子。伊莉莎白與櫂人完成了屠殺十四惡魔的重責大任，然而這件事似乎對原本就組織好的攻勢大局沒有影響。不過，今後卻還是有可能扮演重要的角色——他是這樣說的。

（究竟是什麼東西開始了……不，意思是從很久以前就已經開始了嗎？）

櫂人感到頭痛，用手壓住額頭。他凝視蜜色秀髮。

在目前的一行人中，所在位置最接近真實之人無疑就是貞德吧。然而，她果然還是無動於衷。貞德一邊哼歌，一邊用真珠色石頭解開下一道封印。

櫂人他們走下階梯。越是往下層前進，封印的嚴峻度也會隨之增加。

伊莎貝拉茫然低語。

「怎麼會這樣，這座陵寢明明只到地下五樓才對！」

從不應該存在的第六樓起，結界開始帶有異樣的誇張感。這已經不是王族的墳墓了。在根本沒必要守護的空洞空間裡，布下了足以殺掉數百名隨從兵的強力結界。

這真的有辦法打破嗎？櫂人感到擔心。然而，貞德卻只是發出聲音嗤笑。

「【天真啊，天真到了極點不是嗎？這些臭瘋子。給我更加賭命守護這裡啊，我們這邊可是動用了一整族喔，很瘋狂吧？】」

有如在揭露小孩子的祕密基地，貞德破壞了它。

究竟走下了多少階梯呢？

不久後，眼前出現一道巨大的門扉。

它的表面上用高超技術雕刻著聖女的身影。然而，那卻與櫂人至今為止目睹的任何一個她都不一樣。

與他知道的倒吊聖女像大異其趣。

櫂人茫然地低喃。

「…………站著呢。」

聖女用腳踩著地面，看起來也不痛苦。亞人使徒跪在她面前。貞德用紅色寶石遮住聖女的眼睛，寶石有如被加熱般地溶化。

同時，紅光宛如閃電般奔流在整道門扉上。

聖女的眼睛溢出血淚，門扉緩緩發出壓輾聲，自動朝內側開啟。

裡面同時傳來異樣聲音。

有如怪物叫聲。

宛如人類呻吟聲。

「……那是啥啊？」

「是『守墓人』創造的守護者。」

貞德淡淡地回應驚愕的伊莎貝拉。然而坐鎮在室內的生物，不管怎麼看都跟「守護者」這個詞彙不匹配。

純白色貓頭鷹與奇妙地膨脹起來的肉塊融合為一。

貓頭鷹頭部發出白銀光輝，釋放著神聖的氣息。牠跟拉・謬爾茲的召喚獸很像。然而，牠的下半身卻是用糾結在一起的骯髒觸手造出來的。那些觸手纏著邪惡氣息。

如果是由人類所創，那確實是觸犯了禁忌。伊莎貝拉茫然地低喃。

「怎麼會……不應該是這樣子的吧……『守墓人』大人他……居然做出這種……」

濕濡的觸手脈動著，它們有如樹根般埋在整個寬敞的房間裡。

「皇帝」低吼，他發出灌注怒火的吼聲。

『別開玩笑了喔……對惡魔來說這也是冒瀆般的存在不是嗎！弗拉德，你知道這件事嗎？這傢伙為何裝著可憎神使的頭部？』

『精采……藉用神之力召喚神獸，再讓牠吃下惡魔的肉嗎？這可是創新上的勝利。』

弗拉德半無視「皇帝」，就這樣恍惚地回應。

伊莎貝拉更加愕然地瞪大眼睛。她微微顫抖臉頰。雖然勉強忍住沒叫出聲，但心中似乎正刮著絕望與空虛的風暴。

櫂人某種程度上能理解她的心情。

（這個存在——是打從根底顛覆她相信的教義的玩意兒。）

教會守護的地下陸寢裡，坐鎮著讓神聖生物吃下惡魔肉所產生的怪物。

這個行為過分明確地背叛了人們的信仰。

「……我、我想詢問一事。您應該也是神明使者之一才對。」

伊莎貝拉發揮令人驚異的理性，開口向白貓頭鷹搭話。她一邊發抖，一邊繼續說道：

「您、您是基於何種信念守護此處——」

貓頭鷹用獨特的脖子轉動方式，轉了半圈望向這邊。在那瞬間，伊莎貝拉咻的一聲啞口無言，櫂人也屏住呼吸。

那對如盤子般的金色大眼眸裡面，只存在著瘋狂。

貞德像是闡述教誨的傳教士，述說怪物的狀態。

「被餵食惡魔肉的人能得到強力的力量，但相對的也得將他人的痛苦奉獻給自身。這個怪物跟黑色『拷問姬』還有我一樣，應該已經得到了足以維持軀體的痛苦才是。然而，神之力與惡魔之力會互相拮抗，精神與肉體也無法完全忍受此事，因此才變成這副扭曲的樣貌。之後剩下的唯有破壞映入眼簾之人的衝動。【多麼方便的看門狗啊！墮落至此也完蛋了呢！】」

那道聲音只在最後伴隨著嘲弄餘韻。以此為信號，房內的觸手帶著敵意開始蠕動。現場響起黏液互相摩擦、令人不悅的聲音。

伊莎貝拉用單手蓋住受傷的臉龐，不斷地搖頭。

「奇怪……奇怪，這很奇怪吧！為何會有這種存在！為何會在王都地下陵寢這種場所！吾等這一路上究竟是相信何物，守護何物的啊！」

「妳（Lady），抬起臉龐吧。守護至今的事物裡，確實也有著正確的事物。然而，妳（Lady）應該也微微察覺到了喔。有某物正漸漸地變瘋狂。然而妳（Fool）卻一直閉著眼睛，而這就是盲目至今的代價。」

貞德的聲音再次有如司祭說教般地響起。她毫不留情，嚴肅地繼續說道：

「睜大眼睛看仔細吧。為何我要帶妳（Lady）過來呢，人類代表（Stray Sheep）？妳（Lady）好歹也是團長吧。」

「嗯……沒錯。曾是如此。」

伊莎貝拉用足以扯裂唇瓣的力道緊咬嘴唇，然後抬起臉龐。她的眼睛滑落數道淚水。

就這樣，她直視自己想要否定其存在本身的怪物。

白貓頭鷹真正開始行動。牠一邊轉動巨大臉龐，一邊朝前方滑出。被上半身拖動，大量觸手動了起來。在那瞬間，櫂人產生房間向前方滑開的錯覺。覆蓋如此範圍的肉，一邊滴著黏液一邊開始朝四面八方爬動。

「櫂人大人。」

「嗯。」

櫂人帶著小雛準備走向前方，然而卻沒有這個必要。

喀的一聲，現場高聲響起高跟鞋的鳴響聲。

黑色「拷問姬」與金色「拷問姬」走向前方。

兩人一左一右並立。簡直像是鏡子映射出倒影，黑與金的公主舉起相反的手。在神聖又邪惡的恐怖存在面前，她們毫無懼色在掌上捲起暗闇與光芒。

紅與金的花瓣飛舞，白光與黑闇旋轉。

一方怒意畢露，另一方則是毫無情感地低喃。

「——快快沉眠吧。」

「——你（Slave），晚安。」

下個瞬間，紅與金，黑與白爆發了。「拷問姬」們沒依賴拷問器具跟機械，她們毫不害怕逼近的觸手，直接釋出利刃。

喀喀喀喀喀喀喀喀喀喀喀喀喀喀喀喀喀喀喀喀喀喀喀喀喀喀喀喀！

上千柄斷首劍貫穿白貓頭鷹，貓頭鷹簡直變成了劍山。

牠張開鳥嘴，從喉嚨深處發出哀悽叫聲。

啊————啊————啊————啊————

那不是鳥或是怪物，而是人類的發音。在那瞬間，櫂人察覺到了可怕的可能性。

（拉．謬爾茲召喚的鳥立刻就消失了。）

既然如此，為何這東西沒消失呢？

該不會為了維持召喚獸，這裡面也摻雜了人類吧。櫂人抱持了這種駭人的疑慮。然而，他卻沒時間連同感傷與厭惡感一起審視這種想法。

「喝啊啊啊啊啊啊啊啊啊啊啊啊啊啊啊啊啊啊啊啊啊啊啊啊啊啊啊啊啊！」

灌注高昂吆喝的吼聲發出，硬是從「機械神(Deus ex machina)」的手臂裡抽出身體後，伊莎貝拉踹向地板。她撞向貓頭鷹插滿劍的身軀。抓住深深刺進胸口的一把劍，伊莎貝拉猛力一扭。

白貓頭鷹發出激烈的叫聲。瞬間，伊莎貝拉將劍抽出。

滋噗一聲，惹人厭的聲音響起。大量黑血噴出弄濕室內。

劍尖方才刺進了脈動的心臟。

白貓頭鷹將巨眼瞪得像是盤子似的，就這樣痙攣著。牠的頭部與上半身發出白光，以觸手造出來的身軀則是正要變成黑色羽毛。然而，雙方的變化都停在中途。

之後只留下連以惡魔或是神聖生物之姿消失都不行的淒慘屍體。

伊莎貝拉渾身是血。喀啦一聲丟掉刺進心臟的劍後，她抬起顫抖的臉龐。在那瞬間，伊莎貝拉差點倒地，但她仍是憑藉毅力撐在原地。

伊莎貝拉將手臂橫舉於胸，行了一個禮。

「您已經無須被錯誤的命令束縛了。辛苦您了，地下陵寢的守護者。」

她如此告訴怪物，誰也沒有說話。

人業所造就的怪物一邊承受這些話語，一邊安眠。白貓頭鷹的觸手完全停止痙攣。確認這副模樣後，伊莎貝拉癱倒在原地。

她沒發出聲音落著淚。

有如咬碎不公不義，將其化為怒火似的不斷哭泣。

＊＊＊

室內攤著巨大血泊，伊莎貝拉癱坐在那上方。

「那個啊，伊莎貝拉——」

就在櫂人打算要安慰她時，啪嚓啪嚓響起輕盈腳步聲。

貞德用跳舞般的步伐接近伊莎貝拉。令人吃驚的是，在前方轉了一個圈子後，她緊緊擁住伊莎貝拉。伊莎貝拉瞪大雙眼。

貞德的表情依舊冰冷。然而，那個擁抱卻是既溫暖又溫柔。

「【不愧是老子中意的女人，處女少女（My Lady）】，我不討厭妳（Fool）展現出相當程度的自豪喔。【很有骨氣】。」

貞德用白皙手掌從伊莎貝拉臉上拭去黑血。將髒汙弄乾淨後，貞德一邊輕撫伊莎貝拉滿是傷痕的肌膚一邊繼續說道：

「就是因為弱小，愚者才應該變強。妳（Lady）就是想要這樣吧。【是好孩子呢】。」

沉穩話語讓伊莎貝拉眨了好幾次眼睛。然而，她甚至沒時間做出什麼回應。「機械神（Deus ex machina）」

再次輕輕地抱起伊莎貝拉。

「啊，喂……又來了。」

伊莎貝拉試圖抵抗，然而她卻在此時軟軟地放鬆了身體。她似乎覺得什麼都無所謂了。伊莎貝拉順從地被搬運了起來。

自己也起身後，貞德展開滿是血液的雙手。

「那麼，這下子就只剩下一點點路程了呢——真期待。」

櫂人再次環視室內。

因周圍覆蓋觸手之故所以不得而知，不過這個房間蓋得像是大廳一般。令人吃驚的是，就算從頭確認到尾，牆壁上也沒有半條接縫。半球狀的天花板中央，甚至可以看見過去可以正常運作、以數種水晶層層相疊而成的精緻燈火。

（這真的是經由人手打造之物嗎？）

櫂人受到這種疑惑驅使。同時，他注意到沒有方法可以從這個房間繼續前進，也找不到通道跟樓梯。看樣子似乎走到盡頭了。

不過，可以看見被觸手覆蓋的部分石壁上深深地刻著雕刻。而且刻劃在那兒的人物像也像是栩栩如生般有著很高的完成度。

櫂人走近。聖女緊擁有被布包著的某物，包裹的內容看不見。她只是充滿慈悲地微笑著，亞人隨從站在她的旁邊。

被斗蓬遮掩的臉龐在陰影之中，櫂人愕然地喃道：

「————『肉販』？」

他連鎖性地憶起在王都廣場見到的塑像。

在哥多·德歐斯設置的作戰總部旁邊，安置著流著血淚的聖女像，從頭到腳披著破布的使徒像跪在她面前。意外的是，他是亞人。可以從布片邊緣窺見刻著鱗片、有著銳利鉤爪的腳。

使徒看起來是在讚嘆，也像是在深深悲嘆聖女的受難。

櫂人不由得想要將手伸向雕像。然而手指碰觸到雕像前，手腕就被別人從旁邊捉住。阻止他的人是伊莉莎白。她用冰冷的聲音斷言。

「想死嗎？你就魯莽地摸看看啊，連灰都不會剩下喔。」

「啊，嗯，抱歉。」

櫂人瞇起眼睛，確認牆壁保有的魔力量。伊莉莎白說的沒錯。

乍看之下雖然很難看出來，不過整片石壁都埋入了凶惡的結界。只要一觸碰，就會落到從存在本身便遭到消滅的下場吧。然而，他卻在這裡陷入苦思。

從結界感受到的魔力質地很奇怪。

（這個也是……聖與邪混合在一起。）

神聖之力與邪惡之力融合為一，堅固地堵住牆壁。

就在此時，櫂人察覺到某個事實。

「該不會，這個不是在保護吧？」

是在隱藏，或是封印。有著這樣的印象。

（——不過，是在封印何物？）

被討厭的預感所驅使，櫂人仔細地重新探索整片牆壁的魔力。就在此時，發現厚實的石壁對側存在著某物。

（這是什麼……聽得見聲音？）

在不觸碰牆壁的情況下，櫂人拚命拉長耳朵。不久後，他察覺到聲音的真面目，並且感到毛骨悚然。某物正在呼吸，以一定的節奏緩緩吐出、然後吸入氣息。

有人在睡。

簡直像是孩子，安祥地打著盹。

「來吧，今天是值得紀念的一天呢。讓我們將隱藏至今的恥部解鎖吧。」

貞德毫無畏懼地低喃。她張開雙掌，那兒各放著一顆白與黑的寶石。她將兩顆寶石合在一起，黑與白緩緩融合，完成變形，變成鑰匙的形狀。她將鑰匙插進聖女抱在懷中的某物臉龐。

──嗚呀！

奇妙聲音響起，貞德溫柔又甜美地囁語。

「在這對面的東西，就是我們吃下的肉的真實面貌。」

看樣子剛才的叫聲似乎是開鎖的信號。壓輾聲與沙塵揚起，沉重牆壁開始開啟。簡直像是貞操帶落下似的，教會長久隱匿至今的不祥祕密曝光了。

在沉重牆壁的另一邊──

是一整面的小孩房。

＊＊＊

那兒很安靜。

簡直像是延續數百數千年般的凝重沉默底部。

乍看之下，那兒只是普通的小孩房。四面用壁紙與緞帶蝴蝶結裝飾著，似乎是個可愛又無害的地方。然而只要仔細觀察，就能明白這裡是既扭曲又殘酷的房間。

有如代替花紋壁紙似，地牆壁上貼了形形色色的人類臉龐。他們無聲地蠕動著，從不存在於任何一處的聲帶持續發出苦悶聲音。

頭上的紅色蝴蝶結是用數種內臟所做，內臟是從人的肚子裡掉出來的，而且那些人還被拘束在半空中。從那種活生生的顏色判斷，所有者們應該還沒死吧。

以痛苦裝飾的異樣房間中央，擺著一個巨大的搖籃。

只有它有如低級玩笑般是純白色的，一塵不染。

裡面睡著某物。

是甚至以人類語言無法形容的某物。

那東西是活著的，那東西處於沉眠之中，那東西長著肉。

要說的話，可以理解的事實光是這樣就足夠了。

「這就是最初的惡魔——遠比之後降世的十四惡魔們更加高位，足以從根本毀滅世界的存在。」

就算在超越人智的駭人感覺面前，貞德仍是用淡泊語氣如此述說。櫂人無語。

（這種東西不應該存在於這個世上。）

他回想剛轉生後，從伊莉莎白那邊聽到的話語。

『吾等將創造世界的超存在稱之為神，破壞世界的超存在稱之為惡魔。因此，原本惡魔在神想要放棄世界之時才會跟人界扯上關係，不過卻也有著例外。如果出現契約者的話，那事情就另當別論了。』

『擁有力量足以毀滅世界的惡魔不但難以召喚，而且也沒有容器可以承納祂，所以至今仍未現身。』

應該是這樣才對，然而足以毀滅世界的惡魔確實存在於櫂人他們的面前。

是在思考什麼呢？「皇帝」也不發一語。弗拉德浮現淒厲的笑容。小雛露骨地表現出厭惡感，伊莎貝拉則是露出小孩被父母親毆打時的表情。

（應該不存在的的東西，存在著。）

壓倒性的矛盾就在面前，櫂人感到一陣暈眩。斜眼瞄向這樣的他後，伊莉莎白左右轉動脖子喀啦喀啦地弄出聲音。她用一味感到不悅的模樣詢問貞德。

「沒有契約者的話，惡魔應該無法顯現於這個世界才對。既然如此，這東西的契約者是誰？就算是以近乎最強之力自豪的余，都沒有能夠跟這東西訂下契約的肉體。無論是弗拉德或是『大王』，還有妳都不可能吧。容器會壞掉的，應該沒有符合者才對。」

「不，也不是如此。要說是為何嘛，因為連一般人（Stray Sheep）都知道的對象中，就有人擁有該力量。」

貞德有如唱詠般地回應。

櫂人與伊莉莎白皺起眉。如果有這種存在，應該確實會引發騷動才對。然而，貞德卻無視兩人的疑惑，逕自說起感覺起來像是毫不相關的話題。

「聖女讓神寄宿於現世之身，拯救世界，然後永遠地沉眠。因此如今的人世，是在她的受難與犧牲奉獻下成立的。這是形成教會根幹的傳說。然而，這裡還有另一個矛盾。聖女讓神寄宿於現世肉身，重整了世界。既然如此，在那之前是誰破壞了世界呢？」

「……是惡魔吧。不，等等。」

伊莉莎白遮住嘴角，櫂人也察覺到這個矛盾。

「只有在神決定要放棄世界時，惡魔才會現身」。

既然如此，聖女就不可能讓神寄宿於現世肉身。在神決定要放棄世界的那個時間點上，身為神之創造物的她也被包含在破壞對象之內。

那是吊在所有人面前，卻渾然不覺的謎。

過去一度實現了救世。在那之前，發生了什麼事呢？

「正是如此喔，小姐（Lady）。神回應人的呼喚而現身，寄宿於當事者體內本來就是不可能的事。因為神決定要放棄時，所有人類都會成為破壞對象。也就是說，此時的順序正好相反。」

「…………相反？」

「神明明沒有下令說要放棄，惡魔卻破壞了這個世界。因此神回應人類的呼喚而現身，重整了世界。讓神寄宿於肉身還能不壞掉的女孩，這世上僅有一人。如果是她的話，就有可能與持有同等力量的惡魔締結契約吧。也就是說——」

貞德嘩啦啦地弄響手腕的鎖鍊，將食指豎在唇瓣前方。

簡直像是在講悄悄話似的，貞德說出被隱瞞至今的真實。

「女孩先跟強力的惡魔締結契約。其目的雖然不明，卻無法控制好力量，所以她毀壞了世界。在後悔之後，女孩呼喚神明訂下契約，重整了世界。然而她卻無法徹底承受與惡魔跟神的同時契約，因此連死亡都做不到，就這樣陷入沉眠。事情就是這樣。」

在這個瞬間，成就人世的重要教義之一，從根本遭到破壞。

伊莎貝拉的表情出現明確的裂痕。然而貞德卻沒有停止，就這樣做出斷言。

「教會所吹捧的『受難聖女』，她就是最初的惡魔契約者。」

然後，聖女叫出來的初始惡魔被教會隱藏著。

恐怕在這個存在被隱藏前，鍊金術師們就取得了惡魔的肉。他們預見惡魔有朝一日會覺醒，因此為了安排對抗策略而躲藏起來。曾是聖女使徒的「肉販」，不知為何會視時機將那塊肉交予渴望與惡魔訂下契約的人。

櫂人遙想自己從伊莉莎白口中聽到，關於「肉販」的話語。

這是好久好久以前就一直延續下來的無聊童話。

有人為了此時而行動，也有人為了防止此時而行動至今。

「十四惡魔死亡，棋盤受到巨大打擊。如今，教會高層與部分狂信者，還有想從復興王都的負擔中逃離的人們打算喚醒初始惡魔，擴大破壞，促使寄宿於聖女身上的神重整世界。他們相信惡魔破壞的世界被修復時，『正道信奉者』會被留在世上。」

「——無此可能，這種想法太天真了吧。」

櫂人冷冰冰地做出斷言。在這群人之中，他擁有的知識量最淺。然而，即使如此他還是有辦法如此斷言。打從親眼目睹拉．謬爾斯的那時起，櫂人就領悟到了一件事。

神創造世界，惡魔破壞世界，祂們就只是這樣的存在。

不變的是，兩者都是人類不應觸碰之物。

「嗯，沒錯。所謂的重整，就是塗去已經存在的畫，在上面重新畫畫的行為。」

貞德肯定他的話語，櫂人在腦海裡描繪出某個光景。

在巨大的畫布上，畫著人們嬉鬧遊樂的圖畫。然而，如今那兒出現扭曲的裂痕。某人坐在那幅畫前方的椅子上，緩緩拿起畫筆。

然後，首先要將畫布塗成一片漆黑。

「新世界一但開始，除了揮動畫筆的聖女之外，現在的人類都會滅亡吧。我就是為了妨礙這個時刻而被創造出來的。然而，我欠缺世上的一般常識。鍊金術師們因為實力當不了我的同行者，因此他們選擇了死亡成為食糧的道路——不過他們仍是留下遺言，要我必定要找到適合的隨從。」

貞德如此述說。她口中的救世與教會所言的救世其意義有何不同，櫂人已經理解到令他感到厭惡的地步了。一方打算留下現在這個世界，另一方則是企圖創造新世界。

（『肉販』配送惡魔肉的動機是個謎。）

不論有任何理由，撒出去的惡意種子都冒出了十四惡魔這棵芽。

「肉販」說伊莉莎白與櫂人的反抗是出乎意料之事。

他們甚至不曉得舞台是在遙遠過去就由某人所搭好的，就這樣拿起劍在上面戰鬥。兩人付出許多犧牲，拚命地反抗。即使如此，大局仍是沒有變化。

如今，最後的花朵即將綻放。貞德試圖阻止。

於是，既是聖女也自稱是賤貨的救世少女，以傲慢口氣接著說道：

「這下子，你們(Lovers)就明白事實與事態有多嚴重了吧。瀨名・櫂人。伊莉莎白・雷・法紐。我知道你們兩人有著互相廝殺的命運。不過，不管什麼現在都請先拋下，放棄一切，宛如奴隸般侍奉我吧。」

她筆直地將薔薇色眼眸望向兩人。

然後，貞德・德・雷，被造出來的「拷問姬」有如理所當然般接著說道：

「這樣下去的話，現在的世界會不留痕跡地毀滅。」

這句話有如最終宣告似的響徹在室內。

END

後記

大家好，我是綾里惠史。

終於出到第四集了。

這次真的很感謝各位購買《異世界拷問姬》第四集。

新．拷問姬也終於現身，突入新章節了。

我想這是世界的各種內幕一口氣跑出來的一集，各位覺得如何呢？關於今後的故事發展，到先前為止的大綱我已經全都提交出去了，所以我覺得故事會馬不停蹄地一直跑到底。實際上在寫這個後記時我就已經在執筆第五集了，所以會以咚咚咚咚的氣勢前進下去，希望各位能繼續引頸期盼。還有，這集罕見地有機會寫甜滋滋的場景，所以我很開心。今後這兩人也會一直像這樣「現充爆炸吧」地繼續下去嗎？希望大家包含此事在內繼續關注下去，也願下一集還能與各位見面。

然後關於《異世界拷問姬》，居然漫畫化了喔！

目前是由倭ヒナ老師負責，在Comic Walker與Niconico靜畫連載中。伊莉莎白的美麗當然不需多說，騎士的隨從兵與鐵處女（Iron Maiden）的作畫也細緻又有魄力，真的是太感恩了。再加上倭ヒナ老師的強大畫工，神到讓我完全用一介讀者的角度拜讀，有趣到了極點。希望各位務必去看一看。

官方推特（@goumonhime）也開始營運了，那邊也請各位多多指教。

還有，漫畫化進行之際，綾里我也在連載短篇小說。寫這個後記時，〈第一話櫂人的日常生活（表）〉也正在刊載中。有所謂的（表），就表示也有（裡）喔。我覺得如果能接觸到櫂人與伊莉莎白、小雛、以及其他角色們的日常生活一定很不錯，所以請各位務必連同倭ヒナ老師的漫畫一同享受那些故事。我預定要寫時而溫馨，時而動盪不安的故事。而且居然每一回都附加了鵜飼老師的插圖！真的很有眼福呢！

在《異世界拷問姬》的企畫提出階段，我完全沒思考過漫畫化的事。能得到這種想都沒想過的機會，我由衷地覺得感激。我覺得這也都是拜鵜飼老師與倭ヒナ老師、責編O大人、設計師、以及出版與跨媒體製作相關人士所賜，更重要的是託了各位讀者的福，所以我每天都是心存感激。綾里認為自己能做到的回報就是努力不懈地寫出有趣的故事，因此今後也會繼續努力下去，每日精進自我。

另外，家裡的人總是給予大力支持。對我困擾時給我建議的姊姊，我也要趁這個機會偷偷將特大號的感激擺在這裡謝謝她。

還有更重要的是，再次向各位讀者們致謝！

像這樣能以各種形式看見自己的故事，又能讓多方人士閱讀漫畫跟小說，我覺得是一件很幸福的事。從下集起我也會卯足全力推進故事，如果各位肯讀一讀我會很開心的。

那麼，願我們還能重逢。

啪啦一聲剝開世界的皮，

故事還會繼續下去，直到終結到來為止。

然後，那個人如是說

作了夢。

遙遠昔日的夢。

他被白皙溫暖的手臂抱起。

打從被創造出來的那一刻起，他就是已經完成的生物。

他很醜陋，是與任何東西都不相同的存在，因此也不存在需要別人照顧的時期。他沒被設置幼年體的模樣，就是因為這樣，在他漫長的人生中這是最初、也是最後一次被某人抱起的經驗。

世界仍是白紙時，他就藉由那個人的手率先被創造了出來。

在纖細臂彎裡得到意識時目睹的光景，他一輩子都不會忘記吧。

那段記憶真的很短暫，卻也是定義往後人生之物。

正是因為這樣，他收下了惡魔的肉塊。

某一天，她在雙臂中抱著用紅布裹仕的塊狀物現身。那是她尚未流出血淚，也沒以倒吊之姿被人們談論時的事。

她有如在面對嬰兒似的，用充滿愛憐的笑臉望向布裡面。

那兒裹著紅黑色的肉塊。

她抱著惡魔的肉塊。

看見那東西時，他領悟到她致命性的瘋狂與惡意。

即使如此，他仍是緊緊擁住有如託付親生小孩般交過來的肉塊。明知那是駭人的汙穢之物，卻還是小心地保管著以便分配給後世。

雖然明白一切都亂了套，卻還是做出這種選擇。

那是好久、好久以前的往事。

是稱之為創世記的話會很醜惡的悲傷逸事。

正是因為如此，他一直將其稱為童話。

雖然被授以重任，他卻沒有名字。

因為她並沒有替他取名。

其實他是知道的。對她而言，他就是這種程度的存在。

連名字跟暱稱都沒有，也不需要叫喚。是只要用「使徒」稱呼就足夠的人。

說到他自己，頂多也只是貴重的她所播下的其中一顆惡意的種子。

是在塗滿顏料的畫布上，被揉入角落的種子。連憑藉自身意志落地都不被允許，既悲哀又渺小的存在。

就算理解這些事，他仍是懷抱著自身使命存活至今。

要用人生來稱呼的話，這段時間實在是太漫長了。

裡面有無謂的爭執，也有寶貴的邂逅。他為了另一項使命——建造流通基礎，讓人世變成堅固之物而戰。

在成立五大商人公會時，世界雖然平穩，與「至高肉龍（Legend Dragon）」的戰鬥，以及圍繞著

「虹之卵（Mana Egg）」利益的鬥爭卻極為熾烈。

在那之後，模仿他自稱是「蛋商」或是「魚販」的人們會吵得不可開交吧。然而，到頭來應該還是會讓他開拓的道路變鞏固才是。

相識的人很多，分離的人也不計其數。

他們都是同伴，而且說到底也只是敵人罷了。與許多種族的人們扯上關係，一起飲酒、歌唱、旅行。雖是敵人，他仍是以商人的身分對這個世界做出貢獻。

這是過度虛幻，早已變得像是幻影般的遙遠昔日之記憶。

（真懷念啊……哎呀呀，話說回來。虧我有辦法用這種姿勢睡著呢。不過就算是自吹自擂，果然也已經沒人在聽了。）

如今，在「吊籠（Gibbet）」裡醒過來後，「肉販」茫然地思考。

就算，有五千名部下。

就算，有一萬個朋友。

就算，有三個親近之人。

覺得他們很耀眼時——

如果被問「至今為止不辛苦嗎？」的話——

他會回應「不會」吧。

就只是「不會」這一句話。

開心是真的，愉快也是事實。

特別是最近，去賣東西兼觀察而造訪那座城堡的日子更是如此。「肉販」絕不討厭有事沒事就去變親密的三人組那邊露個面吵吵鬧鬧。

客人因商品而欣喜他很開心，天真無邪地說很好吃令他歡喜。他們受到傷害他會難過，被道謝時心情會雀躍不已。

不過，也只是這樣而已。

也只是這樣而已——對「肉販」而言，可以像這樣做出斷言。

「……如果是愚鈍的隨從大人，一定會說這樣才『悲哀』吧。因為他是個心軟到不行的好好先生啊。」

「肉販」像這樣在「吊籠(Gibbet)」裡喃喃自語。「肉販」並不討厭他，甚至到了照顧美麗的機械人偶，又出手相助的地步。

「肉販」用絕妙的方式移動體重，搖晃狹窄的籠子。堅硬鎖鍊嘰嘰嘰地嗚響。對這個聲音也感到厭倦後，他環視連宴會痕跡都消失得無影無蹤的地板上方。

伊莉莎白云，山怪的右臂很難吃。不過，史萊姆的三分熟肉排還挺不錯的。龍尾巴太硬最不受歡迎。

他本來就完全沒必要為了「拷問姬」而烤肉。然而，他還是這樣做了。然後，現在變成了這樣。但「肉販」並不後悔。

他也不怎麼感到悲傷。

該來的時候就會來，就只是這樣而已。

「……因為，我就是這種生物呢。」

「一切都是(All)為了顧客(For You)。」

「一切都是(All)為了一個人(For Your)。」

他抱持著兩個矛盾的信念，就這樣存活至今。

然後，直到最後他也會這樣做吧。

就算，五千名部下死亡。

就算，一萬個朋友過世。

就算，三個親近之人生氣時自己在睡覺。

如果他們變得不再對自己笑，

雖然這樣確實很難受，

不管是以前或是此後，都只有一件事能決定他有生存的價值。

「————那麼，世界公敵就像世界公敵般地動身吧。」

「肉販」如此緩緩低喃。

他從斗蓬深處的奈落深淵吐出有著複雜形狀的鐵絲。接著，「肉販」用站姿卸去手腕骨頭。他用人類不可能做到的動作令軟綿綿搖晃著的手腕蠕動，開始用鐵絲擺弄「吊籠(Gibbet)」門扉。

不久後，鎖喀嚓一聲開啟。

「肉販」略微瞇起眼睛。

只要走出這裡，終結就真真正正要開始了吧。

在這之後，自己得表現得像是所有生靈的敵人才行。

正是因為如此，他喃喃低語。

「我很開心喔，伊莉莎白大人、美麗的女傭大人、愚鈍的隨從大人。這是千真萬確的事。因為日子如果沒有樂趣，生物是活不下去的啊。你們反抗的姿態也是，對我來說真的很耀眼……即使如此——」

「肉販」大大地打開門，他用低沉聲音繼續說道：

「即使如此，還是要讓童話劃下句點才行。」

就這樣，世界公敵咚的一聲，

降落在石板鋪面的地板上。

幻獸調查員 1~2（完）

作者：綾里惠史　插畫：lack

Kadokawa Fantastic Novels

人與幻獸的關係交織而成，殘酷又溫柔的幻想幻獸譚——

傳說中的惡龍擄走村裡的女孩，那與傳說故事相仿的事件真相究竟為何——老人過去曾娶海豹少女為妻，然而人與幻獸的婚姻最終將……？若想要打倒傳說級的危險生物九頭蛇，需要幻獸「火之王」的火焰。於是菲莉與「勇者」趕往「火之王」的城堡——

各 NT$200/HK$60~67

交叉連結 1~2 待續

作者：久追遥希　插畫：konomi（きのこのみ）

Kadokawa Fantastic Novels

為拯救春風的姊姊，挑戰毫無通關希望的地下遊戲！
超正統遊戲小說第二彈——

夕凪成功拯救了電腦神姬春風後，此時斯費爾寄來新的地下遊戲「七名被選中的特級玩家互相爭奪龐大點數」的邀請函。等待再度踏進地下遊戲的夕凪的，是強制與電腦神姬鈴夏「互換身體」，且關鍵的鈴夏完全沒打算通關遊戲的這種確定敗北的狀況——

各 **NT$220/HK$68~73**

渣熊出沒！
蜜糖女孩請注意！
3
烏川さいか
illustration
シロガネヒナ
Kadokawa Fantastic Novels

賢者大叔的異世界生活日記 1~5 待續

Kadokawa Fantastic Novels

作者：寿 安清　插畫：ジョンディー

大叔在異世界遇上的女殺手竟是宿敵！
「既然是敵人，殺了也無所謂吧？」

伊斯特魯魔法學院主辦的實戰訓練到了第三天，茨維特竟被殺手襲擊！此時大叔卻在另一邊挖礦，完全忘了護衛的事。幸好守護符發揮了效用，於是傑羅斯急忙騎著機車趕往現場。當傑羅斯和女殺手正面對峙時，發現對方卻是他意想不到的人……？

各 NT$240/HK$75~80

老師的新娘是16歲的合法蘿莉？ 1~2 待續

Kadokawa Fantastic Novels

作者：さくらいたろう　插畫：もきゅ

新考驗！在八個蘿莉中找出兩個合法蘿莉！
胡鬧成分和角色都加倍的第二彈可愛登場！

將來想當小學老師的六浦利孝，其養父德田院大五郎有個經營服飾品牌的親生兒子宗一，為利孝帶來了新的考驗！他讓蘿莉未婚妻人選增加到八個，當中有兩個合法蘿莉，利孝至少得找出其中一個。史上最高難度的蘿莉輪盤戀愛喜劇第二集！

各 **NT$220/HK$68~73**

國家圖書館出版品預行編目資料

異世界拷問姬 / 綾里惠史作 ; 梁恩嘉譯. -- 初版.
-- 臺北市 : 臺灣角川, 2019.10-
冊 ;　公分
譯自 : 異世界拷問姬
ISBN 978-957-743-268-1(第4冊 : 平裝). --
ISBN 978-957-743-269-8(第5冊 : 平裝)

861.57　　108013939

Kadokawa
Fantastic
Novels

異世界拷問姬 4

（原著名：異世界拷問姬 4）

2019年10月28日　初版第1刷發行

作　者：綾里惠史
插　畫：鵜飼沙樹
譯　者：梁恩嘉

發行人：岩崎剛人
總經理：楊淑媄
資深總監：許嘉鴻
總編輯：蔡佩芬
主　編：朱哲成
美術設計：黃永漢
印　務：李明修（主任）、張加恩（主任）、張凱棋

發行所：台灣角川股份有限公司
地　址：105台北市光復北路11巷44號5樓
電　話：（02）2747-2433
傳　真：（02）2747-2558
網　址：http://www.kadokawa.com.tw
劃撥帳戶：台灣角川股份有限公司
劃撥帳號：19487412
法律顧問：有澤法律事務所
製　版：巨茂科技印刷有限公司
ＩＳＢＮ：978-957-743-268-1